Boileau-Narcejac

Terminus

Denoël

Pierre Boileau et Thomas Narcejac sont nés à deux années d'intervalle, le premier, à Paris, le second, à Rochefort. L'un collectionne les journaux illustrés qui ont enchanté son enfance, l'autre est spécialiste de la pêche à la graine. A eux deux, ils ont écrit une œuvre qui fait date dans l'histoire du roman policier et qui, de Clouzot à Hitchcock, a souvent inspiré les cinéastes : *Les Diaboliques, Les Louves, Sueurs froides, Les Visages de l'ombre, Meurtre en 45 tours, Les Magiciennes, Maléfices, Maldonne...*

Ils ont reçu le prix de l'Humour noir en 1965 pour ... *Et mon tout est un homme.* Ils sont aussi les auteurs de contes et de nouvelles, de téléfilms, de romans policiers pour la jeunesse et d'essais sur le genre policier.

à notre ami Jean-Marc Roberts

Il va sans dire que les personnages et les événements présentés dans ce roman sont purement imaginaires.

B.-N.

Huit heures. Il y avait encore des traces de neige sur les toits des voitures. La foule du petit jour coulait des trains vers la bouche du métro comme le blé jaillissant d'un silo. La gare de Lyon s'éveillait. Chavane, accoudé au bar du buffet, buvait lentement son café. Lucienne devait dormir encore. Elle ne trouverait pas la lettre avant plusieurs heures. Alors, pourquoi cette crispation de colère, comme s'il fallait déjà faire front ? Au lieu de se dire : « C'est un matin comme les autres. Et puis ce qui va arriver, je l'ai voulu et il n'y a d'ailleurs rien de plus banal ! »

— Au diable ! murmura Chavane.

Il paya, saisit sa mallette et alla chercher les clefs du wagon. D'habitude, il aimait ce moment de brève flânerie, à contre-courant des vagues de banlieusards. Il achetait son journal, un paquet de Gauloises. Il se sentait chez lui dans la bousculade. Il avait conscience d'être un personnage important. Pourquoi fallait-il que, ce matin, son plaisir fût gâché ?

— Salut, Paul, dit Theulière, en lui remettant les clefs. Tu as vu le thermomètre ?... Moins quatre !... Ce soir, tu seras à Nice, veinard. Alors, tu t'en fiches...

— Mais demain soir, je serai de retour, dit Chavane, et il pensa à l'odieuse querelle qui l'attendait.

— Rapporte-nous du mimosa, plaisanta Theulière.

Chavane faillit hausser les épaules. Il avait envie de crier à la face du monde : « Foutez-moi la paix ! » Dans le métro, il somnola jusqu'à la station Liberté, passant paresseusement d'une image à l'autre... Le petit Michel, qui remplaçait Amblard, grippé... lui apprendre à servir à bout de bras avec plus d'aisance... Un wagon-restaurant est d'abord un restaurant, ne pas l'oublier... Le menu d'aujourd'hui... Excellent... Quenelles de brochet en aumônière... Osso bucco napolitaine et spaghetti ou bien entrecôte tyrolienne et cœurs de céleri meunière... Elle n'a jamais su faire les spaghetti. Ce n'est pourtant pas difficile... Stop ! Image indésirable !... Une chance de posséder un cuisinier comme Amédée. Les nouveaux n'avaient plus l'habileté, le tour de main, le goût du beau travail. Il leur fallait des plats précuisinés. La tricherie partout. Quand Lucienne...

Assez ! Il s'y était mal pris. Cette lettre, c'était une idée idiote. Elle allait s'imaginer qu'il avait eu peur d'une explication franche. Elle en tirerait avantage... se poserait en victime... Au fond, qu'avait-il à lui reprocher ?...

Le tunnel défilait en grondant. Sur la paroi, comme

sur un écran, il relisait sa lettre. *Ma chère Lucienne...*
Première erreur. On ne dit pas : ma chère Lucienne,
à une femme que l'on veut quitter. C'est une façon de
s'avouer coupable... *Je t'écris sans animosité, comme si tu
étais mon amie...* Mais justement, elle n'était même pas
une amie. Elle était quoi ? Une sorte de voisine
partageant le même appartement... gentille, d'ailleurs.
Et même serviable. Exactement comme les petites
hôtesses qui ne traversaient jamais le wagon sans un
sourire et un mot aimable. Tandis qu'une femme, une
vraie...

Chavane ne savait pas très bien ce qu'il entendait
par là. Mais souvent, quand il servait, par exemple, un
couple marié du matin et en route pour la Côte d'Azur,
il pensait en regardant la jeune femme portant son
bonheur comme un arbre de Noël ses étoiles : « Une
vraie ! C'est une vraie ! » Ou bien, c'était une vieille
dame, cheveux légèrement mauves, des éclats de
lumière aux doigts. Une vraie, elle aussi. D'un coup
d'œil, il jugeait les toilettes, la distinction des gestes.
Rien de plus difficile que de porter une fourchette à sa
bouche sans faux mouvement, sans embardée du
poignet, pendant la traversée cahotante des triages.
L'élégance, la classe ! Tout ce que Lucienne ne possédait pas. Mais ce n'était quand même pas une raison
pour...

Déjà Liberté. Chavane, sa petite mallette à la main,
sortit du métro. Un vent aigre, sous un ciel bas,
dispersait des flocons hargneux. Lucienne, si frileuse,

paresserait au lit toute la matinée... Inutile de résister. Il allait penser sans cesse à elle. Autant se résigner.

Il gagna l'immense hangar, le garage, comme on l'appelait — où le Mistral était rangé, vide, obscur, avec, de loin en loin, un reflet de métal cru. Michel l'attendait, au pied du wagon-restaurant.

— Bonjour, chef. Ça caille, ce matin. On n'aura pas beaucoup de monde !

Poignée de main. Chavane n'était pas d'humeur à faire la causette. Il ouvrit la porte et, sans tâtonner, trouva l'interrupteur ; le wagon s'illumina. Routine. Les mouvements s'enchaînaient sans hâte mais sans nonchalance. Dans l'étroite coursive où chaque objet tenait ingénieusement une place strictement mesurée, Chavane avait tiré de sa mallette la première veste blanche, celle de l'aller, frottait sur sa manche, pour entretenir leur éclat, les épaulettes aux torsades dorées, et les fixait par des boutons-pression, puis suspendait à des cintres son pardessus, son veston de ville et la seconde veste blanche, celle du retour. Le casier aux vêtements, très profond, était calculé pour contenir une quinzaine de portemanteaux, ce qui était un peu juste, l'hiver, quand les huit commis et le chef de brigade devaient loger, outre leurs vestes, des manteaux et des canadiennes.

Chavane se donna un coup de peigne et boutonna son uniforme. De tous côtés, les parois d'aluminium lui renvoyaient son image : pantalon bleu au pli impeccable, veste croisée, nœud papillon et, renforçant la ligne des épaules, le trait d'or, insigne de son grade.

Il y eut un bruit de paroles, sur le quai. Ils arrivaient tous ensemble, se serraient la main, battaient un peu la semelle avant d'éteindre leurs cigarettes et montaient enfin lestement dans le wagon.

— Salut, chef.

C'était la bousculade dans l'office.

— Allez ! Déblayez ! cria Amédée.

Il s'équipait rapidement, toque blanche, vaste tablier, serviette suspendue à la ceinture. A neuf heures, la « mise en place » commençait. Les commis dressaient les couverts, d'abord dans la salle à manger principale et ensuite dans les deux wagons panoramiques encadrant la voiture-restaurant, et portant les numéros 14 et 10. Les portes de communication restaient ouvertes. Chavane surveillait d'un coup d'œil l'enfilade des trois pièces, car il s'agissait vraiment de pièces, à la décoration cossue ; gravures aux murs, teintes sobres, ambiance luxueuse. Il distribua les menus, s'assura que Teissère plaçait un petit pain sur chaque assiette.

Valentin apporta les bouteilles. La Compagnie offrait, entre autres vins, aux voyageurs un bordeaux supérieur que les contrôleurs souvent, en fin de parcours, venaient goûter. Chavane se sentait le patron d'un restaurant quatre étoiles. Il aurait été fier d'en faire les honneurs à Lucienne. Eh bien, non. Elle n'était jamais venue. Elle n'était curieuse de rien. Elle n'aimait pas voyager. « Encore tes histoires de train ! », disait-elle, quand il lui parlait des menus incidents de son dernier aller-retour. Alors il se taisait. Et comme elle ne bougeait guère de la maison, où elle traînait des journées entières en robe de chambre, emplissant les cendriers de mégots, passant d'un magazine à un roman, tandis que l'électrophone fonctionnait sans arrêt, elle n'avait jamais rien à raconter. Ils en étaient réduits à parler de l'hiver, de la vie chère, ou bien à commenter les faits divers, comme des inconnus, dans une salle d'attente, qui s'efforcent de tuer le temps. Et cela durait depuis des années. A la vérité, c'était ainsi depuis le début de leur mariage. C'était leur mariage qui était raté. Si l'oncle Ludovic n'avait pas tellement insisté ! « Vous verrez, vous serez heureux tous les deux... Lucienne fera une gentille petite femme... Elle sait tenir un intérieur. Et puis, elle a bon caractère. Elle acceptera que tu sois toujours absent... Quatre jours par semaine, ce n'est pas rien et j'en connais plus d'une qui refuserait ! »

— Chef, Amédée vous demande.

Chavane se rendit à la cuisine où Amédée discutait avec le chauffeur de la camionnette de livraison. Les quenelles étaient rangées dans un container métallique.

— Regardez ce qu'ils m'apportent ! s'écria Amédée. Tenez ! J'en ai mis une sur un plat pour que vous goûtiez...

— Pardi ! protesta le chauffeur. Sans la sauce, ça n'a goût de rien.

— Il ne s'agit pas de ça, coupa Amédée. On annonce « quenelles de brochet ». Eh bien, chef, goûtez... S'il y a du brochet là-dedans, je veux être pendu.

Chavane mâcha lentement une bouchée de quenelle.

— On sent que c'est du poisson, dit-il. Du brochet, peut-être pas, mais, honnêtement, ce n'est pas mal du tout.

— Ah ! Vous voyez, fit le livreur. Vous êtes tout le temps à rouspéter...

— Bon, bon, grommela Amédée. Moi, ça m'est égal. Mais je sais bien que si j'étais client... Les glaces ?

— Voilà.

Le livreur descendit les chercher et fit passer au cuisinier quatre grosses boîtes de carton.

— Elles ne risquent pas de fondre, fit-il remarquer en riant. Bon voyage, les gars.

Chavane traversa la salle à manger, attentif au moindre détail. Il aurait fallu des fleurs sur les tables, mais déjà, à soixante-huit francs le repas, on ne s'en sortait plus. C'était la fin des wagons-restaurants. Encore cinq ou six ans peut-être et viendrait le temps des plateaux, avec la cuisse de poulet comme du carton, le pain rassis, la plaquette de beurre façon savonnette et le quart de rouge à goût de cantine. Ce n'était pas le métier seulement qui fichait le camp, c'était la vie. Quand le divorce serait prononcé...

Chavane s'arrêta, mains au dos, tête basse. Le divorce!... Oui, ça ne pouvait plus durer. Après... S'il devait y avoir un après... Mais qu'est-ce que j'ai? pensa-t-il. C'est ce temps qui me fiche le bourdon. Lucienne a vingt-huit ans et moi, trente-huit. Rien n'est donc joué. Chacun de notre côté, nous aurons le temps de tout recommencer. On peut, maintenant, divorcer à l'amiable. On s'est trompés, voilà tout. Alors, pourquoi s'accrocherait-elle? Je lui verserai une pension confortable. Et rien ne m'empêchera de me remarier. J'ai bien le droit d'avoir une femme, une vraie!

— Chef! C'est prêt.

Quoi? Déjà onze heures? Les commis prenaient place autour des deux tables les plus proches de la cuisine. Le déjeuner était toujours rapidement expédié car le menu du personnel était beaucoup plus simple que celui des clients. Une charcuterie. La plupart du temps, un bifteck-frites. Du fromage et une tasse de café. Le plus jeune faisait le service.

— Vous avez l'air fatigué, chef, dit Teissère. Ça ne va pas?

— J'ai dû prendre froid, répondit Chavane d'un air ennuyé.

On le savait taciturne. Teissère n'insista pas. Valentin parlait de la grève qui couvait. La conversation devint de plus en plus bruyante. De temps en temps, Chavane opinait, pour leur montrer qu'il écoutait et que les revendications des syndicats lui paraissaient légitimes, mais son esprit était ailleurs. Il avait glissé la lettre dans le gros volume qu'elle était en train de lire. Elle aimait les romans-pavés dont on ne voit jamais le bout. Elle était plongée, depuis quelques jours, dans *Autant en emporte le vent*. Il avait retiré le signet qui marquait la page et l'avait remplacé par la lettre. Il avait cacheté l'enveloppe, sur laquelle il avait écrit : *Madame Lucienne Chavane,* pour donner à cette lettre un caractère inquiétant de gravité. Quand ouvrirait-elle le livre ? D'habitude, une fois la vaisselle expédiée, elle lisait quelques pages en buvant son café à petites gorgées, tandis qu'il écoutait les informations de treize heures. Mais quand elle était seule ? Elle prétendait bien qu'elle ne changeait rien à leur mode de vie, mais il était à peu près sûr qu'elle ne se donnait pas la peine de préparer de vrais repas. Elle devait avaler des choses vite faites, pour se débarrasser de ce qu'elle appelait parfois avec dégoût : la corvée de mangeaille. Mais est-ce que tout n'était pas, pour elle, une corvée ? Le ménage, évidemment, les petits travaux de couture, les courses, l'amour... C'était même là leur plus amer sujet de discorde. Il avait énuméré tous ses griefs. Cela lui avait demandé du temps, plusieurs semaines de rumination désolée. Il avait pris des notes, sur de vieilles factures de la Compagnie pour être certain de ne rien oublier. Et puis — c'était hier, quand elle écoutait le dernier disque d'Enrico Macias — il avait enfin sauté le pas et écrit d'un seul élan qui lui enfiévrait le poignet, la doucereuse et terrible lettre.

Ma chère Lucienne... Quand elle la lirait, cette lettre, elle serait bien obligée d'admettre qu'ils n'avaient été que des associés. D'ailleurs, il lui mettait les points sur les *i*. Il lui disait notamment : *Le moment viendra où l'indifférence se changera en haine...* Oui. Il n'avait pas reculé devant le mot. Parce que la haine, il commençait à la connaître. Quand Lucienne passait une heure à se faire les ongles... Quand elle occupait interminablement le cabinet de toilette... Ou bien quand elle prétextait des migraines pour paresser au lit... Ou quand elle réclamait de l'argent car elle était toujours à court... Et toujours avec l'air d'être loin, de l'autre côté d'un mur de verre et de silence.

Chavane regarda l'heure. Midi. Elle devait juste se lever. Trop tôt encore pour la lettre. Michel desservait. Une légère secousse prévint Chavane que la machine de manœuvre venait prendre la rame pour l'amener à la gare de Lyon. Le convoi glissa sans bruit et une lumière grise de brouillard et de pluie se colla aux vitres. C'était le moment que préférait Chavane... le grincement des boggies sur les aiguillages... le défilé monotone et toujours nouveau des usines, des H.L.M., des rues noires, des lacis de rails qui se nouaient et se dénouaient comme animés d'une vie dangereuse. Partir ! Etre seul maître à bord pendant quelques heures, comme un marin en rupture de famille, de maison, de terre, de tout ce qui colle aux pieds et vous asservit !

Chavane se sentit mieux. Audureau, le second d'Amédée, préparait le panier pour les apéritifs. Il rangeait les minuscules bouteilles de manière à bien mettre en valeur leurs étiquettes, mais les amateurs se faisaient de plus en plus rares. Autrefois, les clients venaient au wagon-restaurant pour passer un moment agréable, causer entre eux, parler affaires, se détendre tout en déjeunant d'une façon plaisante. Maintenant, ils venaient manger, toujours pressés et déplorant parfois la lenteur du service qui, pourtant, allait bon train. Ils étaient prêts à se contenter d'un grill, comme sur les Corail. C'était la génération du casse-croûte qui s'annonçait.

La rame se frayait un chemin en grinçant. Elle fut bientôt poussée sur la voie 1, et progressa avec lenteur jusqu'au butoir. Il était midi vingt. L'immense hall de la gare bourdonnait de sa rumeur habituelle, dominée par la voix des haut-parleurs qui annonçaient le départ du Paris-Milan et du Chambéry.

— Il a cinq minutes de retard, nota Chavane.

Il connaissait les horaires par cœur. Les hôtesses arrivèrent les premières, joliment habillées, pimpantes, rieuses. Il descendit sur le quai, leur serra la main.

— J'irai peut-être prendre un grog dans la journée, lui dit Marion, l'hôtesse chargée de garder les enfants. J'ai trouvé le moyen de m'enrhumer.

Déjà, quelques voyageurs arrivaient. En général, c'étaient les vieilles dames qui se présentaient les premières. Elles allaient en tête du train. Destination Cannes et Nice, vraisemblablement. On les voyait rarement au restaurant parce qu'elles redoutaient de traverser les voitures. Elles grignoteraient des petits-beurre et une tablette de chocolat. Vers treize heures, venaient les hommes à attachés-cases, gens d'affaires regagnant Lyon ou Marseille. Plusieurs étaient des habitués, mais du genre distrait, étudiant entre les plats des statistiques et des carnets de commande. Chavane préférait les négociants, qui se groupaient volontiers par tables de quatre, savaient choisir un bon vin et, après le café, commandaient des alcools. Ils lui parlaient familièrement, laissaient des pourboires copieux ; ils avaient quelquefois un accent du Midi qui chauffait le cœur. Juste avant le départ, accourait souvent quelque starlette, bottes blanches, lunettes noires, un roquet hirsute sous le bras, précédant un porteur encombré de bagages.

Chavane n'avait plus le temps de penser à Lucienne. Déjà, le haut-parleur annonçait le départ, recommandait de faire attention aux portières qui allaient se fermer automatiquement. Sans secousse, le Mistral démarrait. Les bâtiments de la gare, doucement, reculaient et, tout de suite, c'était la banlieue, les files d'autos stoppées devant les feux rouges. Une musique d'ambiance, à demi effacée par le martèlement des roues sur les voies compliquées des triages, précédait l'annonce de Martine, qui souhaitait bon voyage aux usagers et les invitait à se rendre au wagon-restaurant, « placé au milieu du train ».

Martine parlait depuis le coin-boutique du wagon-bar et sa voix semblait sourdre du plafond des voitures, était reconnaissable entre toutes car Martine bredouillait toujours affreusement quand elle répétait en anglais son petit discours de bienvenue. Leur billet de réservation à la main, les retardataires achevaient de se placer, guidés par Langlois dans la voiture 10 et par Mercier dans la voiture 14. Dans le wagon-restaurant, le choix des tables était libre.

Le train dépassait Villeneuve-Saint-Georges, prenait peu à peu sa longue allure de rapide. Chavane notait les commandes, appréciait d'un signe de tête le choix du vin. Il avait le pied sûr d'un gabier et jamais un soubresaut du plancher ne réussissait à le surprendre. Il se déplaçait sans une hésitation, sans un faux pas. Il ne se serait pas pardonné de s'appuyer à un dossier. Michel le suivait, son panier d'apéritifs présenté rapidement, comme la corbeille d'une quêteuse, à l'église. Comme chaque service ne durait qu'une heure et demie à peine, il n'y avait pas une minute à perdre et pourtant il fallait laisser à chaque client l'impression qu'il disposait de tout son temps.

De la cuisine sortaient, l'un après l'autre, Teissère et Langlois, portant avec aisance les quenelles sur un long plat nappé de sauce. Avec eux, rien à craindre. Ils savaient équilibrer leur chargement sur l'avant-bras et, avec le geste inimitable des bons serveurs, chaque quenelle cueillie entre cuillère et fourchette manœuvrées d'une seule main, ils déposaient délicatement le fragile rouleau de pâte sur l'assiette des convives et s'avançaient dans l'allée avec une promptitude tempérée de nonchalance.

Chavane était content de son équipe. Il n'y avait que le petit Michel qui ne pouvait s'empêcher de tanguer. « Marche large, lui conseillait Chavane avec impatience ; ce n'est pourtant pas bien difficile. Et puis ne regarde pas dehors. Le paysage, c'est pour les clients ! » Lui-même n'avait plus conscience depuis longtemps du spectacle offert aux voyageurs. Il apercevait, du coin de l'œil, une sorte de tapisserie mouvante qui colorait diversement les fenêtres. Passaient des ombres, des lumières, des formes en fuite. Il ne connaissait plus la ligne que par les bruits, gifles des ponts, hurlements des tranchées, canonnades des convois croisés à toute vitesse.

Il avait aussi d'autres repères. Il savait qu'après les quenelles, le Mistral laisserait derrière lui Plessis-le-Roy. L'osso bucco ou l'entrecôte conduiraient ensuite jusqu'à Sens. La glace devrait être consommée entre Laroche et Saint-Florentin. Après le café et les liqueurs, il serait deux heures cinquante. Le temps de présenter les notes et de recueillir l'argent, et ce serait le début du second service. Mais, pour le moment, il fallait lutter sans en avoir l'air avec les spaghetti, en prélever pour chacun une portion raisonnable d'un seul coup de poignet, sans laisser traîner des filaments comme des cheveux dénoués. Ici, on réclamait du pain ; là, une carafe d'eau. Lucienne n'était plus qu'un souvenir, une ombre aperçue dans une vie antérieure. La lettre avait perdu toute importance.

Après l'entrecôte, Chavane eut un moment de répit. Le plat de résistance assurait un bon quart d'heure de tranquillité. Il fit un tour à la cuisine où Amédée s'activait en bougonnant ; donc, tout allait bien. Le train fonçait dans la grisaille. Malgré le mauvais temps, il était à l'heure. Chavane détestait les retards. Toujours sa manie de l'ordre, que Lucienne lui reprochait si souvent. Et soudain, il lui vint une idée absurde. Est-ce que Lucienne ne pourrait pas, elle aussi, faire la liste de ses griefs ? Elle n'y manquerait pas, si elle acceptait le divorce. Mais quels griefs ? Il ne l'avait jamais trompée. Il était peut-être d'un caractère assez sombre, oui. Il aurait peut-être pu lui offrir plus d'occasions de se distraire. Mais il menait une vie fatigante. Deux jours de voyage ; deux jours de repos. Encore un aller et retour et de nouveau deux jours de repos qui n'étaient pas volés. Et seulement une petite semaine de congé tous les douze voyages. Elle aurait dû comprendre qu'il avait besoin de rester un peu à la maison. Et puis, quel reproche, encore ? Il ne lui donnait pas assez d'argent, prétendait-elle. Mais elle était incapable de gérer un budget. L'auto n'était qu'à moitié payée. Il fallait retapisser la salle à manger. Elle aurait bien du mal à prouver que lui aussi avait des torts envers elle. Et maintenant le plateau de fromages. Les contrôleurs traversèrent le restaurant.

— Ça va, Paul ?

— Ça va.

C'était, en effet, un voyage sans histoires, mais le premier voyage d'un homme qui venait de rompre avec son passé.

A dix-sept heures sept, le Mistral s'arrêtait à Lyon, premier quai, pendant trois minutes. Mercier et Valgrain descendirent. Ils n'allaient pas plus loin, car, après Lyon, le service était plus léger, quelques tasses de thé, quelques collations... Marion vint prendre son grog :

— Vous avez vu ! Le temps s'arrange. Je suis sûr qu'après Valence il fera beau.

Le brouillard, en effet, commençait à se dissiper. Le train franchit le Rhône, laissant à sa droite les torchères de Feysin qui semblaient brûler derrière des mousselines. Les commis mettaient en place les couverts du premier dîner.

— Combien seront-ils ? demanda Amédée.

— Pas plus d'une trentaine, dit Chavane. Et moins encore après Marseille.

Il alla jeter un coup d'œil dans les panoramiques. Presque personne. La nuit s'inscrivait aux vitres en traits de feu ou en pointillés de lumières lointaines. Par échappées, le Rhône luisait et bientôt la lune, comme une roue enchantée, accompagna le train au-dessus des Cévennes. « Secoue-toi, mon vieux, pensa Chavane. Pas le moment de rêver ! » Mais Lucienne

maraudait encore dans son esprit. Elle avait maintenant trouvé la lettre, c'était évident. Chagrin ? Sûrement pas. Surprise ? Sans doute. Mais colère, à coup
sûr. Elle avait certainement prévenu Ludovic. De ce
côté-là, aussi, pleuvraient les reproches. « Vous vous
conduisez tous les deux comme des enfants !... C'est
seulement un mauvais moment à passer. Tout le
monde a connu ça, après six ans de mariage. Allons !
Réfléchissez ! C'est toi, Paul, qui dois être le plus
raisonnable. »

La tiède averse des conseils écœurants ! Qu'est-ce
qu'il savait du mariage, l'oncle Ludovic, lui qui était
célibataire... Heureusement, le Mistral s'éloignait toujours plus de Paris. C'était une délivrance de dépasser
Valence, Avignon, Marseille, où restait la queue du
train. Après Toulon, vingt heures quarante-neuf, on
pourrait se permettre de flâner un peu. Le restaurant
se vidait. Il n'y avait plus à se presser pour desservir.
Chavane commençait ses comptes, factures d'un côté,
caisse de l'autre. Il faisait bien attention car la
moindre erreur lui était retenue. Mais il avait l'habitude et se trompait rarement.

Après Saint-Raphaël, il fumait sa première cigarette. Le Mistral allait moins vite ; le terminus était
proche. A Cannes, le train se vidait en grande partie.
Chavane retirait sa veste blanche et la suspendait dans
l'armoire. Elle n'était pas défraîchie, mais elle irait
quand même au lavage. Et si Lucienne refusait de la
laver, il s'adresserait au pressing du quartier.

Nice, enfin ! Chavane n'avait plus qu'à se rendre au bureau de la gare. De sa mallette, il sortait l'argent et la liasse des factures. Il échangeait quelques banalités avec Mattei.

Ce soir-là, quand il se rendit au local où il allait passer la nuit, juste en face de la gare, les étoiles brillaient avec tant de force que le ciel était comme un champ de bleuets.

— Je suis libre, dit Chavane à haute voix.

La ville ronronnait au premier soleil. Il faisait doux et léger. Chavane savourait son café à sa place habituelle, chez *Barthélémy*, à côté de l'hôtel *Cécil*; *Nice-Matin* était déplié près de lui. Il avait lu : *brouillard au nord d'une ligne Bordeaux-Genève, froid persistant,* et il pensait qu'il fallait rentrer dans cette crasse, dans cette hostilité, où l'attendaient pleurs et reproches. Il se serait volontiers attardé. Il était bien, un peu engourdi, encore un peu à la dérive après une mauvaise nuit. Mais quoi! Il fallait bien y aller. Neuf heures et demie. Les autres devaient l'attendre. Il traversa l'esplanade, sans se presser, pour ne pas remuer la vase de soucis et de rancunes qui, depuis si longtemps, se déposait dans son cœur. Il acheta, dans le hall, une boîte de cigarillos. Quelqu'un lui frappa sur l'épaule.

— On vous cherche partout, dit Mattei.

— Qu'est-ce qu'il y a?

— Le sous-chef veut vous parler.

— Je parie qu'on s'est encore introduit dans mon wagon. A chaque voyage, c'est la même chose.

— Non. C'est plus grave que ça. Venez vite.

Ils passèrent sur le quai. Mattei courait presque.

— Enfin, parlez, Bon Dieu! s'écria Chavane.

— On va vous expliquer.

Le sous-chef l'attendait, dans le bureau des contrôleurs.

— J'ai une mauvaise nouvelle pour vous.

Instantanément, Chavane pensa à Ludovic, qui était cardiaque.

— Mon oncle? demanda-t-il.

— Non. Votre femme. Elle a eu un accident, la nuit dernière.

Saisi, Chavane s'assit sur le coin de la table.

— Un accident?... Ce n'est pas possible... Elle ne sort jamais le soir.

— Dame, moi, je vous répète ce que la police vient de m'apprendre. C'est la brigade des Accidents de Paris qui vient de téléphoner. Ils ont prévenu leurs collègues qui m'ont appelé. Il paraît qu'elle est entrée dans un lampadaire. Elle roulait vite.

— Quoi?... C'est sûrement une erreur.

— Elle est blessée à la tête.

— Ça ne tient pas debout. Ma femme ne se sert presque jamais de la voiture. Et elle n'ose pas sortir le soir. Je la connais tout de même.

— Mme Lucienne Chavane... 35, rue de Rambouillet... C'est pourtant bien elle, non?

Assommé, Chavane ne savait plus quelle question poser, pour leur prouver à tous qu'ils se trompaient.

— Comment ont-ils pu savoir qu'elle est ma femme? murmura-t-il. Vous voyez bien que ça ne colle pas.

— Ils ont dû trouver ses papiers, dit le sous-chef. Ils sont allés chez vous et quelqu'un les a renseignés. Ils ont des moyens, eux! Vous devrez passer les voir dès votre retour. J'ai l'adresse du commissariat.

Il tendit une feuille de carnet à Chavane qui la mit machinalement dans son portefeuille. Peu à peu, l'idée se faisait jour dans son esprit. Oui, il s'agissait bien de Lucienne. Et l'accident avait forcément un rapport avec la lettre.

— Elle ne va pas mourir? dit-il.

— J'espère bien que non. Mais le gars, au bout du fil, n'était pas très explicite. Vous savez comme ils sont. Ils font la commission et puis c'est tout.

— S'ils se sont donné la peine de me prévenir, reprit Chavane, c'est que c'est sérieux.

Il médita un instant. Peut-être avait-elle trouvé la lettre dans la soirée? Peut-être avait-elle éprouvé le besoin de rouler n'importe où, pour calmer sa colère... ou sa peine. Comment savoir?

— Ils ne vous ont pas dit où l'accident s'est produit?

— Non, dit le sous-chef.

Chavane se tourna vers Mattei.

— Est-ce qu'on pourrait me remplacer?

— Vous savez bien qu'on peut toujours.

— Je vais tâcher d'attraper un avion.

— Mon pauvre vieux, dit Mattei. Ils sont en grève pour quarante-huit heures. Vous arriverez plus vite par le Mistral. Vous serez à Paris à vingt-deux heures quinze. Même s'il y a un peu de retard à cause du brouillard, vous aurez encore le temps. Et puis, de toute façon, ils ont une permanence.

Chavane sentait leur curiosité et il détestait se donner en spectacle.

— Dans ce cas, je file, décida-t-il.

Ils lui serrèrent la main, chaleureusement.

— Les blessures à la tête, observa Mattei avec autorité et compétence, sur le moment ça semble toujours dramatique. Et puis ça finit par s'arranger. Allez ! Bon voyage et bon courage.

Seraient-ils aussi compatissants quand ils apprendraient la vérité, car ces choses-là finissent toujours par se savoir, et l'on ne manquerait pas de dire : « Cet accident, c'était peut-être un suicide. Chavane avait l'intention de divorcer. Le ménage n'allait pas du tout. » Et Ludovic, qu'irait-il imaginer ?

Chavane, accablé, traversa les voies pour rejoindre le Mistral. Amédée apparut à la porte du wagon.

— Excusez, chef. Comme on ne vous voyait pas arriver, je suis allé chercher la clef. On a commencé sans vous. Quelque chose qui ne va pas ?

Inutile de cacher la nouvelle qui allait se répandre rapidement dans le petit monde de la Compagnie.

— Ma femme a eu un accident... Hier soir.

— C'est grave ?

— Je l'ignore.

Pourquoi prenait-il ce ton désagréable, mais il n'y pouvait rien. Il sentait monter en lui une colère aveugle contre Lucienne, contre lui-même, contre son métier et la vie qu'il allait mener, si Lucienne guérissait. Plus question de divorcer ! Il ferait figure de coupable à perpétuité.

Il sortait du placard sa veste propre, y fixait ses épaulettes, saisissait un paquet de menus. C'était l'avenir qui venait de lui claquer la porte au nez. « Elle va peut-être mourir ! », pensa-t-il. C'était monstrueux, mais on n'est pas responsable de ses rêves, et il était en train de rêver debout, tout en distribuant les menus sur les tables. *Médaillon d'or du Périgord. Brochettes de volaille aux herbes ou pièce de bœuf provençale et timbale...*

— Je sais pas comment ils se débrouillent, protestait Amédée. Leur viande est toujours ferme.

Ses récriminations se perdaient dans les bruits de vaisselle et le cliquetis des couverts. Chavane se réfugia au bout du restaurant. « Un accident, la nuit dernière ! » La nuit dernière, cela voulait dire quoi ? Onze heures du soir ? Une heure du matin ? Il y avait bien une explication, et la plus logique de toutes. Lucienne avait regardé la télévision, s'était couchée tard et, avant de s'endormir, avait ouvert son roman. Il était peut-être minuit Alors, elle avait lu la lettre et sa première idée avait été de mettre Ludovic au courant. Mais Ludovic habitait à l'autre bout de Paris Elle s'était donc habillée en vitesse et avait pris l'auto... Et puis, l'accident... Mais pourquoi n'avait-elle pas plutôt téléphoné?...

Eh bien, parce qu'elle avait besoin d'une présence, peut-être. Mais si elle avait besoin d'une présence, c'était parce qu'elle se trouvait en plein désarroi. Et cela ne lui ressemblait guère. Tout de même! Elle avait dû se sentir atteinte dans sa tranquillité, dans ce petit confort auquel elle tenait tant! Ludovic était le parrain en même temps que l'oncle de son mari. Voilà ce qu'elle s'était dit, sûrement. Il était celui qui avait voulu leur mariage. A lui, par conséquent, de résoudre le problème.

Le train fut poussé en gare sans que Chavane y prêtât attention. Il allait, venait, commençait à servir, souriait mécaniquement, tout entier à son tourment. Il aurait dû rester célibataire, lui aussi. Ou du moins ne pas épouser Lucienne, qu'il connaissait par cœur bien avant qu'elle ne devînt sa femme. Ludovic était rentré d'Algérie, voyons... en 60... donc, Lucienne avait juste dix ans. Et pendant douze ans, il l'avait vue grandir, s'épanouir peu à peu, toujours morose, et s'appliquant sagement à sourire quand il lui apportait un petit cadeau, un de ces jouets de pacotille qu'on trouve dans les gares et qu'il lui donnait un peu pour la taquiner. « Devine ce que j'ai pour toi! » Elle le regardait avec ses yeux de petite Mauresque, doux et vides. Après les animaux en peluche, étaient venues les poupées, et après les poupées, les simili-bijoux. Elle adorait les dorures, la verroterie, cachait tout sous clef, dans une armoire. « Pauvre petite, disait Ludovic. Après ce qu'elle a vu, pas étonnant qu'elle soit un peu renfermée. Ça lui passera avec l'âge ! »

A vingt ans, Lucienne était devenue étrangement attirante, avec un rien de farouche et de fuyant, comme ces bêtes méfiantes qui flairent longuement la main qui veut les nourrir. « Il n'y a qu'avec toi qu'elle serait heureuse, dit un jour Ludovic. Tu l'aideras à oublier ! »

Le Mistral roulait parmi les collines blanchâtres qui entourent Marseille. Chavane laisserait à Michel et à Langlois le soin de s'occuper des consommations. Il avait envie de penser tout son soûl à son malheur. Epouser Lucienne ! Encore une idée saugrenue de Ludovic. Il se rappelait presque mot pour mot la querelle qui l'avait opposé à son parrain.

« C'est comme si je me mariais avec ma sœur. Une gamine que j'ai presque fait sauter sur mes genoux ! »

Ludovic mordillait le tuyau de sa pipe. Impossible de causer posément avec lui. Tout de suite le sang à la tête et les mains crispées. Une vraie soupe au lait. Pourtant, il s'appliquait de son mieux à se justifier.

— Qu'est-ce que tu veux de plus, disait-il. Elle est jeune, jolie, pas très bavarde, c'est vrai. Mais c'est plutôt une qualité. Moi, je vieillis ; je ne suis plus une compagnie, pour elle. Il est temps qu'elle s'établisse. Enfin, tu l'aimes bien un peu, quoi !

— Oui. Bien sûr. Mais c'est une espèce d'enfant trouvée.

— Et alors ?

— Ne te fâche pas. Je veux dire simplement... ah, c'est compliqué... forcément, elle se rappelle... Quand tu l'as recueillie, ce n'était plus un bébé.

— Exact. Elle avait neuf ans.

— Et maintenant, tu voudrais me la repasser.

— Hein ?

Ludovic, cramoisi, avait levé la main.

— Tu vas retirer ce mot... tout de suite.

— Mais laisse-moi parler.

Ludovic, comme s'il avait reçu le coup dont il avait menacé son neveu, s'était assis, le souffle court.

— La repasser, disait-il avec accablement. Moi qui ai tout fait pour elle... Tu ne comprends donc rien, mon petit Paul. Si tu l'avais vue comme je l'ai vue... toute seule... devant les ruines de la ferme incendiée... Elle était assise dans la cour, les mains croisées sur les genoux, parmi les cadavres. Elle attendait je ne sais quoi. Peut-être le retour des fellaghas. Je l'ai emmenée... et ce n'était pas pour te la repasser, comme tu dis.

— Je sais, parrain. Tu me l'as déjà raconté. J'ai eu un mot malheureux, d'accord. Mais si ce mariage a lieu, elle saura bien qu'il a été arrangé.

— Et après ?

— Eh bien, elle sentira qu'elle a été recueillie une deuxième fois. C'est tout. Mais c'est peut-être trop.

— Qu'est-ce que tu vas chercher? s'était écrié Ludovic, rasséréné. Le principal, c'est qu'elle t'aime. Et, tu peux me croire ; elle t'aime.

Voilà comment tout avait commencé.

Le soleil, déjà, était bas sur l'horizon, et l'étang de Berre s'éloignait dans les ors du crépuscule. Chavane, fatigué, s'adossa à la paroi de la cuisine. C'était cela qu'il reprochait à son métier : jamais le temps de s'asseoir. Et ensuite? Il ne s'était jamais raconté son histoire. Pour la première fois, il essayait d'en relier les épisodes. Le mariage ne s'était pas décidé tout de suite. Il s'était dérobé sous divers prétextes jusqu'au jour où Ludovic avait eu sa première crise cardiaque, heureusement bénigne. Mais Ludovic avait pris peur. Profitant d'un moment d'absence de Lucienne, il avait remis la question sur le tapis.

— Je suis prévenu, maintenant. Je peux être emporté d'un moment à l'autre.

— Oh! parrain, tu exagères.

— Non, non. Je sais ce que je sens. Epouse-la, Paul. Je partirai tranquille. Je vous laisserai un bon petit héritage. Je vis de peu. J'ai économisé pas mal d'argent sur ma retraite de commandant. Vous ne serez pas malheureux.

— Rien ne presse.

— Fais-moi plaisir.

Le moyen de refuser? « Curieuse destinée, quand même, pensait Chavane. Moi, je perds mes parents dans une collision. Lucienne perd les siens dans un massacre. Orphelins tous les deux. Si l'oncle ne s'était pas chargé de nous !... Il est vrai que j'étais déjà débrouillé. J'avais un métier. Je ne lui ai pas coûté un sou. Mais enfin nous lui devons énormément. Et c'est cette foutue gratitude qui nous a tous mis dedans... Par gratitude, j'ai dit oui. Par gratitude, Lucienne a dit oui. Et par gratitude, elle et moi, nous avons dit oui, à la mairie et à l'église. »

Valence. La nuit et les premiers flocons de neige. Le train entrait dans le pays du froid et de la bise.

— Faudrait pousser un peu le chauffage, fit Amédée aux contrôleurs qui s'arrêtaient pour boire une tasse de café. Avec vous, il n'y a jamais de milieu. Ou on crève de chaleur ou on gèle.

Le Mistral ralentit, roula au pas. Voie en réparation ? Accident ? On aurait vite fait de perdre un quart d'heure... une demi-heure... Les phares des autos se succédaient sur l'autoroute voisine, éclairant un paysage blanc. Chavane tira de sa poche le billet que lui avait remis le sous-chef de gare, à Nice. Il lut :

Commissariat du VIIIe arrondissement
31, rue d'Anjou

Cela signifiait que Lucienne avait eu son accident du côté de la Madeleine. Mais, dans ce cas, elle n'allait pas chez Ludovic, qui habitait près de la Porte de Versailles. Pourquoi n'avait-il pas eu l'idée de jeter plus tôt un coup d'œil sur ce papier ? Cela lui aurait épargné... Quoi, au juste ? Il avait cru tenir une explication et maintenant il était incapable de se raccrocher à une hypothèse vraisemblable. Non. Lucienne n'avait pas pu aller se perdre dans ce lointain huitième. La nuit. Elle qui était si peureuse...

Et si, dans la journée, elle avait égaré ses papiers, ou même, si quelqu'un les lui avait volés ? Cela peut arriver. Dans un magasin... on pose son sac près de soi, et puis on l'oublie, ou bien on ne le retrouve plus... Soulagé, Chavane chassa de son esprit l'angoisse qui le paralysait. Il avait mis le doigt sur la bonne explication. Aucun doute. Puisque Lucienne n'avait pas pu sortir, en auto, la nuit, un 7 décembre... et ça, c'était indubitable, il fallait admettre qu'une autre femme, en possession de ses papiers, s'était jetée sur un lampadaire.

Allons ! Toutes ses craintes étaient vaines. Lucienne était indemne ; la voiture, intacte. Il ne serait même pas nécessaire de mettre Ludovic au courant.

Jusqu'à Dijon, Chavane se sentit rassuré et redevint attentif, empressé, efficace. Et puis, une phrase du sous-chef lui revint en mémoire. « Ils ont des moyens, eux ! », et la panique, soudain, lui mouilla les mains. Dans les papiers de Lucienne, il y avait la carte de vie portant nom, adresse, numéro de téléphone, et surtout le nom de la personne à prévenir en cas d'urgence. Avant toute autre chose, ils avaient donc téléphoné à l'appartement. Il était impossible qu'ils n'aient pas téléphoné. Et personne n'avait répondu. Personne n'avait répondu. Les mots se confondaient avec le martèlement des roues.

C'était donc bien vrai. Les papiers n'avaient pas été volés. La blessée, c'était elle. Où l'avait-on emmenée ? Dans quel hôpital ? Il attendit, près de la cuisine, et dès qu'Amédée fut seul, il l'interrogea.

— Vous qui êtes un vieux Parisien, est-ce que vous voyez un hôpital, dans le quartier de la Madeleine ?

— Ma foi, non. Il y avait autrefois Beaujon... C'est pour votre femme ?

— Oui. Je dois passer au commissariat de la rue d'Anjou. Je suppose que l'accident a eu lieu dans le huitième. On a dû la conduire au plus près.

— Pas forcément. Ça dépend de la blessure, des places disponibles, d'un tas de choses. Moi, je me rappelle, mon beau-frère...

Il s'interrompit. Il allait dire que son beau-frère avait été gravement brûlé. Ce n'était pas le moment d'ajouter aux tourments du malheureux Chavane.

— On vous renseignera au commissariat, conclut-il. J'espère que vous n'aurez pas à courir trop loin.

— Je l'espère aussi, dit Chavane.

Peut-être aurait-il dû parler de Lucienne, se montrer communicatif, simplement pour remercier Amédée d'être là, prêt à rendre service. Mais il préféra s'en aller, pour ne pas laisser voir qu'il était moins inquiet que furieux. Et comment prévenir Ludovic, pour ne pas trop l'alarmer ? Fallait-il lui avouer maintenant qu'il en avait assez de Lucienne, qu'il voulait divorcer et qu'il commencerait les démarches dès qu'elle serait guérie? Mais les commencerait-il, seulement? Au fond, pensa-t-il, dès qu'on bouscule mes habitudes, je suis prêt à mordre. Je ne suis qu'un pauvre loufiat itinérant, une machine à servir la soupe. Sorti de là, pas bon à grand-chose. Même pas capable d'être ému par ce qui m'arrive? Mais aussi qu'avait-elle besoin de s'en aller, dans la nuit, courir les rues?

Il retombait aussitôt dans l'ornière des reproches, et ressassait jusqu'à l'écœurement les raisons qu'il avait d'en vouloir à Lucienne et de s'en vouloir à lui-même. Il fut tout étonné d'apercevoir au fond de la nuit les lumières de Paris. Enfin, il allait savoir!

Il se changea, fourra dans sa mallette ses deux vestes blanches, confia la caisse à Amédée.

— Dites à Theulière qu'il vérifie, mais le compte est certainement juste. Et fermez le wagon. Je n'ai pas le temps. Je vais sauter dans un taxi. Ah! Signalez aussi que je ne reprendrai certainement pas tout de suite mon travail.

— Ne vous en faites pas, chef. J'expliquerai la situation. Soyez tranquille.

— Merci.

Le Mistral longeait lentement le quai. Chavane jeta un dernier regard derrière lui. Tout était en ordre. Il pouvait partir. Il y avait, devant la gare, une ronde ininterrompue de taxis.

— Rue d'Anjou... Au commissariat.

— Quelque chose qui ne va pas? demanda le chauffeur.

— Allez! Vite!

Encore vingt minutes de craintes, de suppositions, d'interrogations vaines. Le taxi le déposa devant le commissariat. « Surtout, pensa Chavane, ne pas avoir l'air d'un coupable! » Il entra dans une pièce surchauffée où un agent lisait le journal. Il avait préparé quelques phrases d'explication, et maintenant il s'embrouillait. L'homme lui demanda ses papiers. Chavane, pendant qu'il les examinait, regardait autour de lui, et son cœur se serra. Il pressentait que cette pièce nue et sans âme était le vestibule d'un labyrinthe semé de pièges qui ne le lâcherait pas de sitôt.

— Est-ce que ma femme est morte? murmura-t-il.

— Mais non... Elle est à l'hôpital Lariboisière. Je ne peux pas vous dire la nature exacte de ses blessures. Ils vous renseigneront là-bas. Vous savez, les accidents nocturnes, en ce moment... Les gens roulent comme des fous, sous prétexte qu'il n'y a pas beaucoup de circulation, à cause du froid.

— Où l'accident s'est-il produit?

— Le rapport de la brigade n'est pas encore arrivé. Mais par chance j'étais là, la nuit dernière. Enfin, c'est une façon de parler... L'accident a eu lieu boulevard Malesherbes, en direction de l'église de la Madeleine. Vous voyez? Le collègue qui a rapporté le sac a signalé que l'épave se trouvait en face du 25. On l'a fait enlever par le Garage de l'Ouest, qui travaille pour nous. Et pas la moindre trace de freinage. La voiture est allée directement se planter dans le lampadaire.

— Une Peugeot 204 blanche ?

— Oui... J'aime autant vous dire qu'elle en a pris un coup.

— Mais quelle heure était-il ?

— Trois heures.

Si l'agent avait parlé d'une autre heure, vingt-trois heures, par exemple, ou minuit, Chavane aurait été moins accablé. Mais trois heures ! Il y avait, dans ce chiffre, quelque chose de monstrueux, qui défiait toute explication.

— Elle roulait sûrement à fond, commenta l'homme. A trois heures du matin, en ce moment, le boulevard est complètement désert. Quelqu'un a téléphoné, un anonyme, bien entendu. Peut-être un voisin, réveillé par le bruit, car une voiture qui s'écrase, à quatre-vingt-dix, ça s'entend, je vous jure.

Chavane avait envie de lui crier : « Assez ! Assez ! » Trop d'images insoutenables l'assaillaient. Il étouffait.

— Je vais vous chercher le sac, dit l'agent. Tout y est, y compris, naturellement, les papiers de la victime. C'est comme ça qu'on a pu vous joindre. Mais tout a été remis en place.

Il ouvrit une armoire et rapporta un sac à main.

— Vous le reconnaissez ?

— Oui, bien sûr.

C'était un beau sac de cuir, portant les initiales : L. C. Une longue éraflure le balafrait.

— Je vous demanderai de signer la décharge.

Chavane signa, mit le sac dans sa mallette.

— Croyez-vous que je pourrai la voir... ma femme ? demanda-t-il, presque honteusement.

— A cette heure, sûrement pas. Peut-être demain matin. Mais l'interne pourra toujours vous dire ce qu'elle a. Bon courage.

On ne cessait plus de lui dire : Bon courage ! Comme si le pire était encore à venir. Chavane empoigna sa mallette et sortit. Quelques papillons de neige voltigèrent devant lui.

On le fit entrer dans une salle déserte et nue, qui lui parut aussi inhumaine que le commissariat.

— L'infirmière de garde va venir.

Chavane s'assit, sa mallette entre les pieds. Il se sentait humilié, diminué, et coupable de tout ce qu'il ne comprenait pas. Il n'en finirait plus de comparaître devant des gens qui l'examineraient avec méfiance, et Ludovic pour commencer. « Tu laissais Lucienne sortir le soir ?... Si vous ne vous entendiez pas bien, il fallait me le dire. » Expliquer quoi ? Et encore une fois quel lien établir entre la lettre et l'accident ? Sournoise, l'idée que Lucienne avait tenté de se suicider essayait de se faire jour dans son esprit, et il l'écartait ; il l'aurait presque chassée de la main. C'était une idée née de la fatigue, du rabâchage, de la solitude.

D'abord, on ne se tue pas en se jetant volontairement sur un lampadaire.

Une porte s'ouvrit derrière Chavane. L'infirmière entra. Elle était habillée de blanc, un peu comme lui dans son wagon-restaurant, et cela lui rendit confiance, comme si une solidarité secrète les avait rapprochés. Il se leva.

— Comment va-t-elle ?... Je suis M. Chavane. Ma femme a été blessée la nuit dernière.

— Elle va aussi bien que possible.

— Est-ce que je peux la voir ?

— C'est un peu tôt... Revenez demain.

— Qu'est-ce qu'elle a, au juste ?

— Asseyez-vous, monsieur Chavane. On a craint une fracture du crâne, car elle porte la trace d'un coup violent, sur le côté gauche de la tête. Au moment du choc, votre femme a dû être projetée sur le montant de la portière et, si elle n'avait pas été retenue par sa ceinture, elle serait morte vraisemblablement. Mais les radios sont formelles ; pas de fracture. Quelques ecchymoses aux mains, à une épaule...

— En somme, elle va s'en tirer, dit Chavane.

L'infirmière fixa sur lui des yeux qui ne devaient pas souvent sourire.

— Ce n'est pas sûr, dit-elle. Pour le moment, elle est dans le coma.

Un mot venimeux, comme cancer ou infarctus. Il mordit Chavane au cœur.

— D'autres examens seront pratiqués demain, reprit-elle. Des complications peuvent survenir. Le docteur ne se prononce pas.

— Quelles complications ?

46

— Eh bien... le cerveau a pu souffrir plus qu'on ne croit.

— Et le coma peut durer longtemps?

Elle hocha la tête. Son regard s'adoucit.

— Il y en a qui durent des semaines, des mois... On ne peut rien affirmer. Mais il est permis d'espérer. Et nous espérons tous que votre femme vous sera bientôt rendue. Mais je le répète, tout pronostic est, pour le moment, impossible.

Chavane ne pouvait se résigner à partir.

— Ce coma, murmura-t-il, il est comment? Est-ce que ma femme peut bouger?... Si je lui parlais, est-ce qu'elle m'entendrait?

— Revenez demain après-midi... ou même en fin de matinée, après les soins, dit l'infirmière, patiemment. Le docteur vous renseignera.

Elle fit un bref salut de la tête et se retira sans bruit. Est-ce que Lucienne était perdue? Mais cette femme avait parlé d'un espoir permis. Le coma... Non, elle exagérait. Ça dure quelques jours, peut-être quelques semaines, et puis le malade se réveille et en général il est guéri. Chavane essayait de se rappeler des exemples. Il avait entendu parler d'un employé de la gare de Nice qui avait été renversé par un cycliste. Lui aussi avait été dans le coma mais pas très longtemps. Non! Lucienne allait s'en sortir.

Chavane prit le métro pour rentrer chez lui. La lassitude agissait sur lui comme un alcool et il éprouvait un bizarre soulagement à la pensée de reprendre possession de son appartement, seul, sans avoir à demander : « Quoi de neuf ? » La première chose à faire était de téléphoner à Ludovic qui n'était peut-être pas encore couché. Il prépara, mentalement, toutes les explications qu'il aurait à fournir pour justifier cette lettre idiote qui avait tout déclenché. Ludovic allait prendre le parti de Lucienne. C'était elle, la préférée.

Il alluma toutes les lampes, à mesure qu'il traversait les pièces, jeta sa mallette sur le lit et chercha des yeux le gros livre. Il n'était pas dans la chambre. Dans la salle à manger, alors ? Oui. Près du téléviseur. Chavane l'ouvrit. La lettre s'y trouvait encore. *Madame Lucienne Chavane.* L'enveloppe était intacte.

Il la tournait et la retournait. Cela n'avait plus aucun sens. Si elle n'avait pas lu la lettre, qu'allait-elle faire, à trois heures du matin, boulevard Malesherbes ? Il ouvrit l'enveloppe, pour être très sûr, retira la feuille de papier. *Ma chère Lucienne...* Suivait l'exposé sur lequel il avait tellement travaillé. En pure perte ! Rageusement, il déchira la lettre, en jeta les morceaux dans un cendrier plein de mégots. Cette fois, l'accident devenait complètement incompréhensible. Lucienne avait-elle reçu un coup de téléphone ? Mais de qui ? Elle ne fréquentait personne. A peine si elle échangeait quelques mots avec les voisins. Chavane regarda l'heure. Minuit et demi. Ludovic allait grogner. Tant pis. Il forma le numéro ; la sonnerie retentit longtemps. Enfin l'appareil fut décroché.

— Allô... C'est toi, parrain... Excuse-moi si je t'ai réveillé.

— Bien sûr que tu m'as réveillé, bougonna Ludovic. Tu sais l'heure qu'il est ?

— C'est au sujet de Lucienne. Elle a eu un accident. Elle est dans le coma, à Lariboisière.

— Dans le coma !

— Oui. Et cela peut durer des jours, des semaines.

— Qu'est-ce que tu me racontes ?

— La vérité, malheureusement. J'ai été prévenu à Nice, et tout à l'heure je suis allé à l'hôpital. Elle était en voiture et elle a embouti un lampadaire. Traumatisme crânien, plus quelques écorchures.

— Mais quand est-ce arrivé ?

— La nuit dernière... boulevard Malesherbes... à trois heures.

— Comment ça, à trois heures ?... Tu veux dire trois heures du matin ?

— Oui. Je pensais que tu pourrais peut-être m'expliquer...

— Rien du tout, mon pauvre Paul. Je suis complètement abasourdi... Tu as vu l'interne ?

— Non. Seulement l'infirmière de garde. Lucienne ne semble pas en danger pour le moment.

— Je suppose que les visites sont interdites ?

— Oh, pas pour nous ! Je compte bien la voir demain. Juste une minute, mais tu comprends, c'est tellement extraordinaire... Je me demande encore si on ne s'est pas trompé, si c'est bien elle qui est à l'hôpital. Pourquoi serait-elle sortie, en pleine nuit ?

— Je n'en sais pas plus long que toi... Elle ne t'a pas laissé un billet ?

— Peut-être que oui, au fait. Je suis tellement perturbé que je n'y ai pas pensé. Je vais jeter un coup d'œil.

Chavane posa précipitamment le combiné. Bien sûr, elle avait laissé un billet. Mais ce billet aurait dû être facile à remarquer. Or, il avait beau regarder partout, il ne voyait rien qui attirât l'attention. Rien non plus dans la chambre. Rien dans la cuisine. Rien dans le vestibule.

— Allô, parrain ?... Je ne vois aucun billet.

— C'est bizarre... Et ses vêtements ? Ce serait peut-être une indication.

— Tu veux dire que... Une minute. Je reviens.

Chavane courut ouvrir la penderie. Lucienne était si modestement vêtue qu'au premier examen il était aisé de voir comme elle s'était habillée pour sortir. Son tailleur beige manquait, ainsi que son manteau de sport et celui à col de lapin. Et elle n'avait même pas pris ses bottes ; comme si elle était simplement allée dans le quartier.

— Parrain ?... Elle a son tailleur et ses chaussures jaunes.

— Et comme manteau ?

— Ils manquent tous les deux. Mais je crois me rappeler qu'elle devait en donner un à nettoyer.

50

Il y eut un silence.

— Allô, dit Chavane.

— Je réfléchis, répondit Ludovic. Tout ce que tu me racontes est tellement étrange... La voiture ? Qu'est-ce qu'elle est devenue ?

— Elle a été enlevée par le Garage de l'Ouest.

— Comment le sais-tu ?

— Je l'ai appris au commissariat.

— Ah ! Tu as vu la police. Eh bien, qu'est-ce qu'ils pensent, à la police ?

— Oh ! Il en faut plus pour les étonner. D'après eux, c'est un accident banal dû à un excès de vitesse. Mais quand on connaît Lucienne, un excès de vitesse... Elle qui avait toujours peur au volant !

— Ecoute, Paul. Toutes nos suppositions ne serviront à rien... Tu ne repars pas après-demain ?

— Non. Je vais me faire mettre en congé pour quelques jours.

— Bon. Attends-moi demain devant l'hôpital. Mettons deux heures et demie. D'accord ? Et pour le reste, les frais de remorquage, la discussion avec les experts, tout ça, je m'en occuperai. Tu as bien assez de soucis comme ça, mon pauvre Paul. Prends un somnifère et tâche de te reposer. Et puis dis-toi bien que Lulu est solide. Elle ne tardera pas à refaire surface, tu verras.

— Merci, parrain. Bonsoir.

Chavane raccrocha, soulagé d'avoir confié à Ludovic une partie de son fardeau. Il se prépara une tasse de thé. Si Lucienne avait été là, il lui aurait demandé :

« Tu en veux ? » et elle n'aurait pas répondu. Non, franchement, elle ne lui manquait pas. Puisqu'elle n'avait pas trouvé la lettre, puisqu'il n'était pour rien dans ce qui était arrivé, il n'avait plus à éprouver le moindre remords. Assis au bout de la table, dans la cuisine silencieuse, il buvait son thé à petites gorgées gourmandes. Le bilan était en somme moins catastrophique qu'il ne l'avait craint. Lucienne aurait pu être victime d'une de ces blessures qui vous laissent pour la vie cloué sur une chaise roulante. Or, rien de tel ne s'était produit. Maintenant, c'était tout ou rien : la mort ou la guérison. Si Lucienne mourait, plus de problème. Si elle guérissait, il faudrait, après un temps convenable, l'amener à accepter le divorce, mais en s'y prenant autrement, d'une manière plus franche. Tout cela était un peu sordide, bien sûr. C'était des pensées de deux heures du matin, des bêtes de la nuit.

Chavane rinça sa tasse, remit chaque chose à sa place, ce que Lucienne ne faisait jamais. Il prit une douche, passa son pyjama et revint dans la chambre. La mallette était toujours sur le lit. Il se rappela tout à coup qu'il y avait déposé le sac de Lucienne. Peut-être ce sac révélerait-il quelque chose d'intéressant. Il le sortit de la mallette et le vida sur le lit. Le miroir, le poudrier, le bâton de rouge, des kleenex, le briquet, le porte-monnaie, le porte-cartes et un petit mouchoir de dentelle qu'il n'avait jamais vu, ou bien auquel, plutôt, il n'avait jamais prêté attention. Il y avait quatre billets de dix francs dans le porte-monnaie et quelques billets de métro. Tout au fond du sac, il découvrit le trousseau de clefs, mais, en outre, dans le compartiment latéral, il y avait encore un objet qui faisait saillie. Il fouilla et ramena un second trousseau : trois clefs reliées par un anneau, dont une aux dents compliquées et portant le nom de la marque : *Fichet*. Aucune ressemblance avec les clefs de la maison. Pourquoi ces clefs ? Et pourquoi Lucienne les avait-elle placées en quelque sorte à l'abri dans le compartiment de son sac fermé par un bouton-pression ?... Mais enfin, ces clefs appartenaient bien à quelqu'un ? Machinalement, Chavane ouvrit le porte-cartes et s'assura que les papiers avaient été remis en place : permis de conduire, carte grise, attestation d'assurance, carte d'identité, carte de vie. Tout y était. Il y avait aussi un ticket bleu coincé entre le permis de conduire et la carte d'identité. Chavane le dégagea et l'examina distraitement : *Teinturerie moderne — 24, rue Pierre-Demours — Paris XVIIe*. Le ticket portait un numéro d'enregistrement : *192*.

Encore un mystère. Pourquoi Lucienne serait-elle allée jusque dans le XVIIe arrondissement pour donner à nettoyer un vêtement, l'un de ses manteaux, sans doute, alors qu'il y avait, à deux cents mètres, une teinturerie parfaitement tenue ? Et pourtant, elle y était allée. Ou bien ce ticket avait été perdu et Lucienne l'avait ramassé. Mais les clefs ? Avaient-elles été perdues, elles aussi ? Chavane haussa les épaules et murmura : « Je m'en fous, après tout. Ça ne me regarde plus ! » Il fourra pêle-mêle les objets dans le sac, le lança sur le fauteuil et sortit de sa mallette ses deux vestes blanches qu'il suspendit à un cintre, très soigneusement. La mallette retrouva sa place sur l'étagère. Il se coucha, croisa les mains sous sa nuque. Ses repas allaient poser un problème. Le restaurant, évidemment. Mais lequel ? Il savait trop comment est faite la cuisine des restaurants ! Il passa en revue quelques maisons du quartier, sans s'arrêter à aucune. On verrait plus tard. L'agent de police avait dit : boulevard Malesherbes, en direction de la Madeleine. Et le numéro 25, devant lequel avait eu lieu l'accident, devait se trouver tout en bas, près de la place. Donc, Lucienne revenait. D'ailleurs, le ticket de la Teinturerie moderne prouvait qu'elle avait parfois à faire dans le XVIIe. Elle empruntait le boulevard Malesherbes et, de la Madeleine, elle n'avait plus qu'à attraper les quais pour rentrer.

Mais pas à trois heures du matin ! Une pareille heure était pire qu'une insulte. Une idée lui traversa soudain l'esprit : Lucienne le trompait. Il faillit éclater de rire. Lucienne ! Allons donc ! Molle, nonchalante comme elle était ! Même si elle avait eu le désir de le tromper, elle n'en aurait pas eu l'énergie. Ah ! Il aurait bien voulu être trompé. Mais non, cette chance ne lui serait pas accordée.

Il éteignit et chercha une position propice au sommeil. Ses pensées devinrent floues. « Pas à moi, se dit-il dans une dernière petite lueur de conscience. Elle ne me ferait pas ça à moi. »

Il s'éveilla beaucoup plus tard que d'habitude et se redressa, l'angoisse au cœur. « Mon Dieu, j'ai manqué mon train ! » puis il reçut, en pleine face, comme une volée de chevrotines, le paquet de ses souvenirs. Le commissariat, l'hôpital, les clefs, le ticket... et il se leva, les jambes lourdes. Le café, le ménage, la demande de congé à formuler... On lui accorderait trois jours, pas plus. Il faillit téléphoner ensuite à Ludovic pour lui parler de ses découvertes mais il était bien trop fier pour lui faire part de l'absurde soupçon qui lui était venu. D'ailleurs, Ludovic se fâcherait. Pas touche à Lucienne ! Et il aurait raison. Le premier point à tirer au clair, en revanche, c'était la teinturerie de la rue Pierre-Demours.

Avant de sortir, il téléphona à l'hôpital. Une voix de femme, au bout d'un long moment, lui apprit que l'état de la blessée était stationnaire. Il s'attendait à cette réponse et pourtant elle l'irrita, comme si Lucienne avait choisi de se taire. Puis il s'en voulut d'attacher tant d'importance à des mystères qui s'expliqueraient sans doute de la manière la plus banale. Et il s'avisa soudain que la voiture contenait peut-être encore des objets que les policiers avaient négligés mais qui, pour lui, seraient pleins de sens. Il chercha dans l'annuaire l'adresse du Garage de l'Ouest. C'était à quelques minutes de la rue Pierre-Demours. Autant s'y arrêter au passage. Et d'ailleurs il avait tout son temps ; il se sentait affreusement désœuvré. Il regarda l'heure : neuf heures et demie. C'était sans doute le gros Lambret qui le remplacerait. Il ne s'entendait pas très bien avec Amédée. Mais les trois jours seraient vite passés. Il compta sur ses doigts. « Mercredi prochain, pensa-t-il. Je reprendrai mercredi. »

Il soupira et alla consulter le thermomètre, sur la fenêtre. Moins deux. Un jour à pardessus et à cache-nez. Le vent l'assaillit jusqu'à l'entrée du métro. Le froid rendait encore plus incompréhensible le comportement de Lucienne. Elle qui était si frileuse, pour quelle raison mystérieuse était-elle sortie ? Malgré lui, Chavane tournait et retournait le problème, et plus il en scrutait chaque aspect, plus s'aiguisait sa rancune. C'était comme un défi qu'il avait bien envie de relever quoiqu'il ne fût pas directement concerné par les événements qui s'étaient déroulés en son absence. Mais justement ! Il ne tolérait pas que Lucienne eût pour ainsi dire une vie privée, quand il n'était pas là.

Il trouva sans peine le garage et un contremaître... encore quelqu'un vêtu de blanc... le conduisit jusqu'à l'épave. La Peugeot avait beaucoup souffert. Le capot était plié en deux et le moteur perdait ses entrailles.

— Elle est bonne pour la casse, dit le contremaître. Ces petites voitures, c'est trop léger.

— A la police, on m'a dit qu'elle roulait très vite.

— Peut-être pas. A 50-60, un choc sur un obstacle

mince et dur provoque des dégâts en profondeur qui peuvent être considérables. Regardez : le radiateur a été décapité. Le moteur aussi en a pris un coup. Vous avez une tous risques ?

— Non. Une assurance ordinaire.

— Aïe ! Comme on ne connaît pas celui qui a fait le coup, ça va vous coûter cher.

Chavane sursauta.

— Qu'est-ce que vous voulez dire ?

Le contremaître le prit par le bras et l'amena derrière la voiture.

— Regardez le pare-chocs... Vous voyez ces marques ?... Comme si le métal avait été martelé... L'aile gauche légèrement tordue... Tout ça, ça parle ; ça accuse. A mon avis, quelqu'un s'est amusé à poursuivre cette malheureuse bagnole, à lui donner des coups de museau pour affoler votre femme jusqu'à ce qu'elle perde tout contrôle. Il y a pas mal d'inconscients qui se livrent à ce petit jeu, la nuit. Mais, en général, hors de Paris. C'est la première fois, à ma connaissance, qu'on joue aux autos tamponneuses en pleine ville.

— La police croit à un simple accident, objecta Chavane.

— Oh ! la police ! Quand une affaire les gêne, ils invoquent la fatalité.

— Je peux toujours porter plainte.

— Contre qui ?... Votre plainte finira au panier. Non, ce qu'il faut souhaiter, c'est que votre femme se rétablisse vite et après, vous tâcherez d'oublier.

Chavane ouvrit la portière la moins coincée et examina l'intérieur de la voiture.

— Il n'y a rien, dit le contremaître. J'ai vérifié.

— La boîte à gants ?

— Vide.

Chavane réfléchit.

— En somme, murmura-t-il. On a essayé de tuer ma femme.

Le contremaître sembla peser le pour et le contre.

— Je croirais plutôt qu'il s'agit d'une plaisanterie stupide. Elle n'avait pas d'ennemis ?...

— Oh ! Sûrement pas ! s'écria Chavane.

— Là... Vous voyez bien. C'est un simple fait divers. Naturellement, je vous ai parlé d'homme à homme, parce que je suis écœuré. Mais ne faites pas état de ce que je vous ai dit. Après tout, je peux me tromper.

Il reconduisit Chavane vers l'entrée du garage, s'arrêta au passage devant une Citroën dont il caressa le capot.

— Bonne occasion, remarqua-t-il. Si ça vous chante...

Chavane lui serra la main et se dirigea vers la rue Pierre-Demours. Qui aurait voulu tuer Lucienne ? Ça ne tenait pas debout. Il faudrait demander son avis à Ludovic. Un ancien commandant de la gendarmerie, ça doit savoir conduire une enquête. Il imagina la scène, la voiture suiveuse s'acharnant, Lucienne accélérant, folle de peur, et puis voyant surgir comme un projectile le lampadaire. Mais aussi, pourquoi s'était-elle risquée dehors, en pleine nuit ? Il luttait contre son émotion et en même temps il se reprochait de ne pas en éprouver une plus grande. Il aurait dû se sentir désespéré. Arrêté au bord du trottoir, troublé par l'afflux de sentiments inconnus et contradictoires, il se demandait à quoi on reconnaît que l'on aime. Il se remit en marche. Il avait froid. Comme tout était plus simple, quand il roulait vers Nice !

A la Teinturerie moderne, il donna son ticket à une employée qui lui rapporta bientôt un manteau qu'il connaissait bien, le manteau au col de lapin, que Lucienne avait acheté, un an plus tôt, dans un magasin du boulevard Diderot. Il donna à l'employée un billet de cent francs et pendant qu'elle cherchait de la monnaie dans le tiroir-caisse, il fouilla les poches d'un geste machinal. Dans la poche droite, il y avait un mince carton collé contre la doublure.

— Je vais vous faire un paquet, dit l'employée.

Reculant de quelques pas, Chavane jeta un coup d'œil sur le bristol.

Galerie Berger
40, rue Bonaparte
Paris VI
Rétrospective des peintures et dessins
de Vincent Borelly
Vernissage le vendredi 8 décembre 1978
à 18 heures

« Mais, le 8 décembre, c'est aujourd'hui ! », pensa Chavane. Qui a pu lui remettre cette invitation et pourquoi l'a-t-elle conservée ?

L'employée lui tendit le paquet. Il ne sut jamais comment il était rentré chez lui, tant il était absorbé par ses réflexions. Lucienne ne s'intéressait pas du tout à la peinture. Mais peut-être connaissait-elle ce Vincent Borelly, dont il n'avait jamais entendu parler. Après tout, pourquoi pas ? Elle l'avait peut-être rencontré au hasard d'une promenade ? Mais elle n'aimait pas se promener seule et puis pourquoi lui aurait-elle caché cette rencontre ? Il y avait une explication beaucoup plus simple : d'abord, il ne s'agissait pas d'une véritable invitation mais d'un carton de publicité, tiré à des milliers d'exemplaires. Lucienne l'avait trouvé dans la boîte, en sortant, et l'avait glissé dans une poche... Chavane perdait le fil parce que les propos du contremaître venaient tout embrouiller. Qui aurait voulu tuer Lucienne ? Chavane décida de se rendre à la Galerie Berger.

Il visita le réfrigérateur qui contenait quelques œufs. Il se fit une omelette, et il déjeuna sur un coin de table, songeant qu'au même instant, Amédée devait préparer les truites Cléopâtre. Il n'était plus personne, plus rien, hors de son restaurant. Il mangeait un pain affreusement rassis, un vrai pain de clochard. Et soudain un soupçon le traversa comme un coup de feu ; ce pain était vieux de plusieurs jours, alors que

Lucienne aimait le pain frais. Alors, où avait-elle pris ses repas, durant ces deux jours ? Du pain dur, un réfrigérateur aux trois quarts vide... Il jeta couteau et fourchette dans son assiette, incapable d'avaler une bouchée de plus. Qu'allait-il découvrir encore ? Si du moins tous ces signes s'étaient organisés d'une manière cohérente ! Mais ils demeuraient ambigus et vaguement menaçants. Quel après-midi en perspective ! L'hôpital d'abord et après la galerie ! Il ne savait pas ce qu'il redoutait le plus. Peut-être la galerie !

Quand il arriva à l'hôpital, il vit Ludovic qui l'attendait dans sa vieille Renault.

— Tu n'as pas très bonne mine, observa Ludovic.

— Toi non plus, parrain.

Ils furent conduits dans une petite salle toute blanche, au bout d'un long couloir.

— Le Dr Vinatier va vous recevoir dans un moment, dit l'infirmière.

Chavane, impressionné par le silence, préféra brusquement garder pour lui, provisoirement, tout ce qu'il avait appris depuis la veille. Le Mistral devait approcher de Dijon.

Ludovic fit les présentations.

— Asseyez-vous, messieurs, dit le Dr Vinatier.

Il avait lui-même pris place derrière un bureau encombré et regardait les deux hommes comme s'ils avaient été des patients. Il avait des yeux très pâles, un peu fixes, qui intimidaient.

— Je ne vais pas vous infliger un cours, reprit-il ; l'état de Mme Chavane est préoccupant. Il nous est pour l'instant impossible de définir avec certitude le coma auquel nous avons affaire. Il y a de nombreuses variétés de coma. Je vous épargne leurs noms. Disons pour simplifier qu'il y a des comas légers, sévères, aigus, réversibles et irréversibles. Et malheureusement il s'agit à mon avis d'un coma aigu. Les examens sont en cours. Jusqu'à présent ils ne nous ont pas beaucoup éclairés mais il est certain que le choc a produit, quelque part, dans le cerveau, une lésion déterminant un état de décérébration ou, si vous préférez, un état de conscience gravement altéré. Il est impossible de prévoir l'évolution du mal. Mme Chavane peut rester encore très longtemps sans connaissance comme elle peut, dans les prochains jours, revenir à elle... mais ça m'étonnerait.

— Est-ce qu'elle souffre? demanda Ludovic.

— Elle ne ressent sûrement pas la douleur telle que nous l'entendons. Mais j'ai tout lieu de croire qu'elle ne souffre pas. Cependant, vous allez d'ailleurs la voir, elle n'est pas totalement immobile. On observe des grimaces faciales, des mouvements de mastication, des contractions de la main gauche. Nous serons obligés de la garder quelque temps, vous vous en doutez. D'abord, nous avons encore beaucoup d'examens à effectuer. Et puis, c'est un cas très intéressant, vraiment très intéressant. Bien entendu, vous pourrez la voir quand vous voudrez. Même le matin. Elle est maintenant dans une chambre séparée. En résumé, le pronostic est sombre mais pas désespéré. Venez! Vous allez vous rendre compte vous-mêmes.

Il les précéda dans un corridor qui aboutissait à un monte-charge où se trouvait une civière vide.

— Heureusement, reprit le Dr Vinatier, elle n'a pas besoin de respirateur, ce qui simplifie grandement les soins.

— Comment s'alimente-t-elle? demanda Chavane.

— Par la voie intraveineuse, je suppose? intervint Ludovic.

Le docteur tourna la tête vers lui et approuva.

— Je suis commandant de gendarmerie en retraite,

expliqua Ludovic. Des blessés, vous comprenez, j'en ai beaucoup vu !

Quel besoin avait-il donc de se mettre toujours en avant ? Lucienne n'était pas sa femme. « Il est vrai qu'elle est si peu la mienne ! », se dit Chavane.

— On la nourrit avec des amino-acides purs, poursuivait le docteur. Et naturellement on lui administre régulièrement des antibiotiques pour éviter les complications pulmonaires.

L'ascenseur montait doucement. Ludovic et le médecin semblaient ne plus prêter attention à Chavane. Le médecin employait maintenant des termes techniques comme il eût fait avec un confrère. « ... Matière sous-corticale... diencéphale... tronc cérébral... » Chavane n'écoutait plus. Si Lucienne restait très longtemps sans connaissance, comment s'organiser ? Et qu'est-ce que tout cela coûterait ? Il y avait bien la Sécurité sociale mais quand même...

L'ascenseur s'arrêta. La chambre était à deux pas. Le docteur en poussa la porte. Chavane entra et la vit. Un pansement lui couvrait le front. Elle avait les yeux clos. Son visage blanchâtre ressemblait à un masque de carton. Ses bras étaient étendus sur le drap, les mains ouvertes, immobiles. A côté du lit, une potence supportait des flacons et des tuyaux de caoutchouc dont l'un aboutissait à ses narines tandis que l'autre disparaissait sous les couvertures. Chavane n'osait plus avancer. Mais le docteur le poussa doucement devant lui.

— Nous avons dû couper une partie de ses cheveux, murmura-t-il. Ça repoussera vite.

Il tâta une main de la blessée.

— Presque pas de fièvre ; la peau est fraîche. Vous voyez, quand on la touche, elle crispe un peu les doigts, mais c'est un simple réflexe.

Une infirmière dont Chavane n'avait pas remarqué la présence s'avança jusqu'au pied du lit, et le docteur lui présenta les deux visiteurs.

— C'est Marie-Ange, leur expliqua-t-il. Le dévouement en personne.

Marie-Ange sourit. Elle avait une quarantaine d'années et des manières glissantes de bonne sœur. Intimidé, Chavane regardait Lucienne et se demandait si, en présence de tous ces témoins, il ne devrait pas l'embrasser. Il lui toucha presque peureusement la main et s'étonna de la sentir souple et vivante.

— Parlez à votre femme, dit Marie-Ange.

— Marie-Ange a raison, dit le docteur. Le son d'une voix aimée peut être aussi efficace qu'un remède, dans certains cas. Il faut essayer.

Chavane se pencha vers le visage gris, perçut la mince respiration qui sifflait d'une manière presque imperceptible.

— Lucienne, chuchota-t-il.

Les autres faisaient le cercle.

— Lucienne... ma chérie...

Il y avait bien des mois, peut-être plus, qu'il ne lui

avait pas parlé sur ce ton et les mots lui restaient dans la gorge.

— Vous êtes trop ému, dit Marie-Ange. Vous vous y prenez mal. Il faut lui parler comme si elle entendait, lui raconter vos petites affaires, vous voyez, exactement comme tous les jours. Nous vous laissons. Quand vous reviendrez, n'oubliez pas d'apporter des chemises de nuit et de passer au secrétariat... En cas de besoin, la sonnette est là. Mais n'ayez pas peur. Votre femme est constamment surveillée. Bon courage, monsieur.

Le docteur allait sortir à son tour. Chavane le retint.

— Serai-je obligé d'interrompre longtemps mon travail ? demanda-t-il. Je travaille sur le Mistral et je suis absent quatre jours par semaine ; deux fois deux jours.

— N'en faites rien pour le moment, répondit Vinatier. Si ce coma devait se prolonger longtemps, alors il y aurait lieu de prendre de nouvelles dispositions, car l'hôpital manque de lits. Mais je doute que son état reste stationnaire. Il s'améliorera ou bien...

Il eut un geste fataliste et serra la main de Chavane. Il était un peu plus de quatre heures. Le Mistral devait passer juste en face du monument élevé à la mémoire de Niepce, juste après Chalon-sur-Saône. Ils avaient de la chance, les camarades ! Ludovic s'était assis au chevet de Lucienne et lui parlait bas, comme à un bébé qu'on endort. « Que je lui raconte mes petites affaires, pensa Chavane. C'est idiot ! Ce n'est pas à moi de raconter ; c'est à elle. Et elle est si loin ! » Il enleva son pardesssus parce qu'il avait trop chaud et s'assit de l'autre côté du lit.

L'oncle s'était tu. De temps en temps, il jetait un regard navré vers son neveu, par-dessus le corps immobile. Dans les bouteilles, le niveau des liquides baissait lentement, comme le sable qui s'écoule d'un sablier et mesure la vie qui s'en va. Chavane songeait qu'il lui faudrait revenir chaque jour et rester par décence de longues heures dans cette chambre étouffante, en tête à tête avec ce... Il cherchait le mot : cadavre? Non, quand même, mais en un sens c'était pire. Cela n'avait pas de nom. Et il essayait de faire revivre des souvenirs capables d'éveiller en lui une émotion, un mouvement d'âme, un élan vers cette chose inerte qu'il avait tenue dans ses bras, autrefois, mais hélas, sans parvenir à la conduire au plaisir. L'odeur de pharmacie qui régnait dans la pièce était, par une correspondance mystérieuse, celle même de sa frustration et de sa sécheresse. Il consultait sa montre à la dérobée. Enfin, il fit signe à Ludovic et remit son pardessus. Dans le corridor, ils cherchèrent l'ascenseur.

— Je m'occuperai d'elle quand tu ne seras pas là, dit Ludovic.

Ils descendirent, silencieux, distraits. Dans la cour, Chavane arrêta son oncle.

— Est-ce que tu crois qu'elle s'en tirera? Franchement.

— Je n'en sais rien, dit Ludovic. Mais si elle devait

rester des mois dans cet état, il vaudrait mieux qu'elle meure. Tu rentres chez toi ?

— Oui. J'ai quelques courses à faire.

— Tu sais, si le cœur t'en dit, viens habiter chez moi. A deux, nous tiendrons mieux le coup.

— Peut-être, fit Chavane.

— Bon, reprit Ludovic. Je vais au garage, voir ce qu'on peut faire.

Chavane n'eut pas le courage de lui dire qu'il y était déjà passé. Le spectacle de Lucienne à demi détruite avait défait quelque chose en lui. Il avait du flou dans la tête et dans les jambes. Il entra dans un café et but un cognac, puis un autre. Il tira de son portefeuille le carton d'invitation. *Galerie Berger — 40, rue Bonaparte.* Pourquoi aller là-bas ? Il n'avait jamais mis les pieds dans une galerie de tableaux. Est-ce qu'on lui demanderait son nom, à l'entrée ? Etait-il assez bien habillé ?... Il s'examina dans la glace qui reflétait le long comptoir d'étain. Son pardessus était de bonne coupe. C'était son visage qui était critiquable. Pas assez intellectuel. Quelconque, voilà ! Quelconque. Suffisant pour un chef de brigade, mais pas assez distingué pour quelqu'un qui allait feindre de s'intéresser à la peinture de ce... comment déjà ?... Borelly ! Un instant, il hésita. Pourquoi perdre une heure inutilement ? Qui espérait-il rencontrer ? Il était comme un chien égaré qui suit des traces incertaines. Si Lucienne avait conservé cette invitation, c'est qu'elle avait l'intention de s'y rendre ; peut-être pour parler à quelqu'un... Et puis, perdre une heure ici ou ailleurs, quelle importance ? On pouvait toujours jeter un coup d'œil, comme un passant qui se laisse accrocher par un tableau, s'arrête, revient sur ses pas. « Tiens, ce n'est pas mal du tout. Voyons à l'intérieur. »

Il but un troisième cognac sans parvenir à se réchauffer. Dehors, la nuit était traversée de flocons qui n'en finissaient pas de se poser sur la joue, sur la paupière, et laissaient comme une fugitive trace de larme. Dix-huit heures dix ! L'image du Rhône brillant d'étoiles, un peu après Valence, lui visita l'esprit. Il se sentit soudain si découragé qu'il arrêta un taxi pour se prouver... Il chercha un moment ce qu'il voulait tant se prouver puis se rencogna et ferma les yeux. Il ne voulait plus voir cette ville où Lucienne menait, quand il n'était pas là, une vie mystérieuse et probablement coupable. Mais il se jura qu'il découvrirait son amant, si elle le trompait. Pas pour frapper et se donner en spectacle, mais pour se prouver... Et encore une fois sa pensée s'éparpilla. Peut-être voulait-il se prouver qu'il était le plus fort ? Aucun sens. Et pourtant il sentait nettement qu'il était en train de perdre sa liberté, qu'il ne serait plus jamais question de divorcer, que Lucienne, au bord de la mort, le tenait plus fortement qu'une maîtresse et c'était révoltant, odieux... un peu répugnant aussi.

Il fut surprise de se trouver soudain devant la galerie. Il y avait foule. D'autres taxis s'arrêtaient. Il hésita, devant la porte, vaguement honteux comme s'il s'apprêtait à demander l'aumône ; mais personne ne faisait attention à lui. Il entra. On se bousculait déjà devant les toiles. Des serveurs, gantés de blanc, circulaient avec des plateaux. Chavane prit un porto, remarqua les gants douteux de l'homme, son nœud papillon au noir lustré, et il eut tout de suite mauvaise opinion de ce Borelly. Le tableau qu'il aperçut entre deux têtes et un rang d'épaules le consterna. C'était une espèce de télescopage de cubes bariolés qui se diluaient en taches noirâtres. Un monsieur maigre, aux yeux fiévreux, dit à son voisin :

— C'est la première manière de Borelly. Vous noterez qu'au lieu d'aller du réalisme à l'abstrait, c'est le contraire. Il est allé du non figuratif à un certain vérisme qui n'est pas sans charme...

Il ajouta d'un ton railleur :

— ... et qui lui fait gagner beaucoup d'argent. Ses portraits surtout. Il y en a un qui est saisissant. Venez !

Chavane les suivit. La galerie formait un coude. La foule devenait de plus en plus dense. De loin en loin, il attrapait un bout de tableau ; ici, la mer ; là, un groupe de joueurs de boules.

— Nous y sommes, dit l'homme aux yeux vifs. Façon de parler. Il faudrait qu'on nous laisse approcher.

Il s'insinua entre deux femmes en vison, se fit place

peu à peu, son compagnon et Chavane sur ses talons. Dans le brouhaha, Chavane entendit : « C'est le portrait de Layla ! »

Un remous le porta soudain au premier rang. Layla, c'était Lucienne.

Le cœur battant, il cherchait en vain à refuser l'évidence. Puisque c'était Layla, ce ne pouvait pas être Lucienne. Il s'appliquait, tendant le visage comme s'il avait pu flairer sur cette toile qui sentait le vernis une autre odeur.

— Je n'aurais pas dû boire, pensa-t-il.

L'homme aux yeux sombres tendait le bras, suivait du doigt dans l'espace une courbe invisible.

— Ce modelé, disait-il, cette ligne flexible du cou. C'est d'un voluptueux !... Ça parle plus fort qu'un nu !

« Faux ! hurlait silencieusement en Chavane une voix inconnue. C'est faux ! Je vous prie de laisser Lucienne tranquille ! »

— Layla ? questionna l'autre ; ça signifie quoi ?

— « La fille de la nuit » et ça lui va bien. Vous savez qu'elle a du sang arabe. Le coup de génie de Borelly, c'est d'avoir imaginé cette coiffure, avec ces boucles d'oreilles en forme de croissants pinçant une étoile.

— C'était son modèle habituel ?

— Oh, plus que ça, je suppose. Borelly a toujours été un chaud lapin.

Les deux hommes reculèrent et disparurent, laissant Chavane devant le tableau.

« Qu'est-ce que ça peut me foutre ? se dit-il. Elle a un amant, je m'en doutais. » Mais la voix ne se laissait pas bâillonner. « Lucienne, dis-leur que c'est un sosie. Bon Dieu, quoi ! Je sais bien que c'est un sosie ! »

Oui, forcément, c'était un sosie. Il fit demi-tour, à la recherche d'un autre porto. Ses mains tremblaient comme celles d'un drogué et il renversa un peu d'alcool sur le revers de son pardessus. Des visages aux yeux immenses, où les reflets tiennent lieu de regard, il n'en manque pas autour de la Méditerranée. Et ce teint un peu brûlé de pêche oubliée sur l'arbre, rien de plus répandu. A Nice, par exemple... Machinalement, il regarda l'heure. Dix-neuf heures dix-sept... Encore un peu plus d'une heure avant d'arriver. Il divaguait. Ballotté de droite à gauche, son verre vide à la main, assourdi par le bruit des conversations, il n'était plus capable de former une idée cohérente. Il n'était sûr que d'une chose : ce n'était pas Lucienne. Et la preuve...

Il revint non sans peine sur ses pas et se retrouva devant la toile. Cette fois, aucun doute. Lucienne avait été coiffée et fardée par le peintre d'une manière qui lui prêtait une étrangeté attirante. Mais il suffisait de cacher avec la main la perruque noire et lisse comme un pelage, qui lui faisait une tête de chatte, pour retrouver la vraie Lucienne, celle qui se promenait toute la journée dans la maison en robe de chambre, deux petites couettes d'écolière se balançant sur la nuque. Avec le mari, on ne se gênait pas. Si on sortait avec lui, on enroulait un turban autour des cheveux courts. La perruque, le rouge aux joues, les boucles d'oreilles, c'était pour l'amant, pour l'amour. « La fille de la nuit. » La garce, oui. La salope!

Chavane contemplait le tableau avec une stupeur indignée. Comme en surimpression, il revit le visage semblable, sous le pansement, à une figure de cire, et puis l'autre visage, celui du lever, celui de tous les jours auquel, depuis si longtemps, il ne faisait plus attention. Il se sentait abominablement floué. Et qui sait si Borelly ne possédait pas des toiles beaucoup plus osées que ce buste? Et s'il ne les exposerait pas un jour. Où était-il, ce Borelly? Chavane se mit à chercher parmi les invités de plus en plus nombreux. A l'entrée, les visiteurs saluaient un homme vêtu de bleu marine et décoré, qui n'était pas encore là quand Chavane était arrivé. C'était peut-être Borelly? Chavane s'approcha.

— Monsieur Borelly?

L'autre le toisa, surpris et vaguement réprobateur.

— Vous désirez voir Vincent Borelly?... Mais voyons, il est mort depuis dix-huit mois. Je suis M. Berger, l'organisateur de cette rétrospective.

Chavane rougit violemment.

— Excusez-moi... J'étais absent de Paris...

Berger, déjà, lui tournait le dos et tendait la main à un vieillard perdu dans une longue pelisse.

— Mon cher maître...

Chavane sortit, furieux. Il avait l'impression qu'on

venait de le mettre à la porte, qu'il était indigne d'être admis parmi ces artistes, ces critiques d'art, ces journalistes, tout ce monde de privilégiés... alors que Lucienne ! Aucun doute ! Elle aurait été accueillie avec empressement par ce Berger. Il lui aurait baisé la main, l'aurait présentée à ses amis... C'était absurde, totalement inimaginable ! Quoi ! Elle serait venue avec son col de lapin, sorti de la Teinturerie moderne, avec son turban ! Allons donc ! Chavane ne sentait plus le froid. Il marchait vite puis ralentissait selon qu'il était sur le point d'attraper une vérité qui se dérobait aussitôt.

Borelly n'avait jamais été son amant, mais quelqu'un d'autre qui l'aimait assez... bien plus, qui était assez fier d'elle... pour demander au peintre ce portrait, le portrait de Layla. Ridicule, ce prénom exotique. Et ce quelqu'un devait offrir à Lucienne les toilettes dont elle avait besoin quand il l'emmenait dîner en quelque endroit chic. Comme elle devait mépriser le wagon-restaurant du Mistral !... Non, décidément il poussait les choses au noir. Si ce qu'il était en train d'imaginer était vrai, pourquoi Lucienne serait-elle restée avec lui ?... Mais comme il avait réponse à tout, il s'objectait aussitôt que Lucienne n'aurait pas osé affronter Ludovic, dont elle connaissait l'intransigeante honnêteté. Si bien qu'elle n'était qu'une garce à mi-temps.

Il ricana et s'aperçut qu'il était tout près de chez lui. Il avait fait le trajet en métro comme un somnambule.

Dès qu'il fut rentré, les pieds dans ses chaussons, le dos au radiateur, il effaça de son esprit le roman qu'il avait construit, en bâtit aussitôt un autre, moins corrosif. Lucienne avait bien été la maîtresse de Borelly... simple passade... le temps qu'il peigne le tableau. Et puis Borelly était mort et elle l'avait oublié. La preuve, ce carton d'invitation laissé dans la poche du manteau porté à la teinturerie, comme une chose sans importance. Où avait-il pris que Lucienne fréquentait un monde où, de toute évidence, elle n'aurait jamais accès. Pas plus que lui-même. Des petites gens, voilà ce qu'ils étaient.

Le téléphone sonna, l'arrachant au marais de ses gluantes pensées.

— Paul?... Tu es rentré?

— Oui. A l'instant. J'ai été retardé par un collègue qui voulait m'emmener à une réunion syndicale. Mais j'ai bien autre chose en tête que la grève.

Il mentait avec une aisance et un naturel qui le stupéfiaient.

— J'ai vu l'auto, reprit Ludovic. Evidemment, elle est dans un drôle d'état. On pourrait la réparer, remarque. Faut pas trop se fier à ce que racontent les garagistes. Surtout que celui-là ne demande qu'à nous refiler une occasion.

— C'est le contremaître qui t'a reçu. Un blond avec une blouse blanche?

— Comment? Tu y es passé aussi?

— Oui. J'ai oublié de t'en parler.

— J'ai vu le directeur.

— Il a une idée sur la cause du dérapage?

— Non. Nous avons pris rendez-vous avec l'expert. Tout ça va suivre son cours; tu n'auras pas à t'en occuper. Et puis je t'achèterai une autre voiture.

— Mais jamais de la vie.

— Si, si. J'y tiens.

Chavane s'interrogea. Devait-il parler à Ludovic de l'hypothèse du contremaître?... La Peugeot poursuivie, heurtée à l'arrière, bousculée... Non. L'enquête, il se la réservait. C'était une décision qui s'était prise toute seule, à son insu.

— Allô, Paul?... J'ai cru que nous étions coupés.

— Je pensais à Lucienne. Tu la voyais souvent, quand je n'étais pas là?

— Je lui téléphonais de temps en temps, pourquoi?

— Oh, pour rien... Je me disais que, si elle avait été souffrante, ou tourmentée... ou un peu bizarre, tu t'en serais aperçu.

— Tu penses qu'elle aurait pu faire une fugue, dans un moment de dépression?

— Oui. Quelque chose comme ça.

Silence. Ludovic réfléchissait.

— C'est curieux, dit-il. J'ai eu la même idée. Mais non, je ne crois pas. Je sais bien qu'elle a toujours été secrète. Elle mentait souvent, quand elle était petite, mais c'était pour se raconter des histoires. Tous les gosses sont plus ou moins comme ça. Elle avait son petit monde à elle et elle voulait le protéger. Sa première enfance, celle d'avant le drame, je n'en faisais pas partie, bien sûr, et je n'ai jamais essayé de provoquer ses confidences. Mais elle n'est plus une gamine. Elle doit savoir ce qu'elle fait.

— Est-ce que tu crois qu'elle aurait pu avoir une amie dont elle ne m'aurait jamais parlé ?

— Pas impossible. Nous avons cru qu'elle était sortie en pleine nuit, ce qui ne tenait pas debout. Mais elle aurait très bien pu passer l'après-midi et la soirée quelque part, et l'accident serait survenu à son retour. Tu me diras qu'il était tout de même bien tard...

Chavane n'avait pas encore vu les choses sous cet angle et il demeura muet de saisissement. L'amant, pardi. Elle avait passé la journée avec son amant. La secrète Lucienne ! La mystérieuse Layla ! Il en aurait le cœur net.

— Parrain... Je pense à quelque chose. Ce n'est pas la peine que nous allions à l'hôpital tous les jours ensemble. Quand je serai absent, occupe-toi d'elle. Et moi, je te remplacerai quand je serai là. Donc, ne te déplace pas demain, pour commencer.

— Comme tu voudras.

Chavane ne tenait pas à avoir constamment Ludovic dans les jambes. Ses recherches, il les conduirait tout seul. Il raccrocha après un bref bonsoir et il dîna d'un œuf sur le plat, tout en établissant son emploi du temps pour le lendemain. Il irait d'abord à la gare pour faire sa demande de congé, puis il passerait à l'hôpital et retournerait à la galerie pour acheter le tableau. Il le lui fallait absolument. Quand, à son retour, Lucienne découvrirait ce tableau, bien en vue, dans la chambre... Ah! Ce moment-là le payerait de tout le reste. Toute explication deviendrait superflue. Qu'est-ce que ça pouvait coûter, une toile comme celle-là? Chavane n'avait aucune idée du prix des tableaux. Il savait que les Renoir, les Cézanne, les Picasso valaient des fortunes. Mais Borelly n'était pas une célébrité. Trois mille? Quatre mille? Plus, peut-être. Chavane irait jusqu'à dix mille pour satisfaire sa vengeance.

S'agirait-il vraiment d'une vengeance? Tout en cherchant, dans la chambre, l'endroit où il accrocherait la toile, il essayait de percer à jour le sentiment qui l'animait. Lucienne? A peine si elle comptait encore. C'était l'autre femme, qui le fascinait. Et il avait beau se dire : c'est la même!, il ne pouvait se défendre d'imaginer l'autre dans ses bras. Il se coucha, fourbu. Il s'endormit et, dans son sommeil, sa main cherchait, à côté de lui, la place de celle qu'il avait perdue.

— C'est toujours pareil, dit Marie-Ange. L'encéphalogramme n'est pas fameux. Elle a ouvert les yeux, ce matin, pendant les soins. Sa pupille gauche est plus dilatée que la droite, qui réagit à la lumière avec un certain retard. Maintenant, voyez, les paupières sont retombées. Les mains sont contractées. Touchez vous-même.

Chavane palpa, très doucement. La peau était sèche. Du poignet à l'extrémité des doigts, une raideur bizarre durcissait les muscles. Il avait l'impression de tenir une main de bois.

— Qu'en pense le docteur?

Marie-Ange eut un geste évasif.

— Il dit qu'il faut attendre. Vous m'avez apporté du linge?

— Oui. Le paquet est sur la chaise.

— Merci. Je vais le ranger tout de suite.

— Est-ce que je pourrais parler au docteur?

— Pas maintenant. Il est en salle d'opération. Il ne vous apprendrait rien de plus, du reste.

Elle avait ouvert l'armoire blanche, au fond de la pièce, et s'activait, invisible derrière les battants.

— Mon pauvre monsieur, dit-elle d'une voix étouffée, il vous faudra beaucoup de patience, j'en ai peur. Ce qui est terrible, dans un cas comme celui-là, c'est l'attente. On est là. On ne peut pas faire grand-chose...

Elle revint vers le lit, passa une main sur le front de Lucienne.

— Savoir ce qui se cache dans cette tête, reprit-elle. En gros, on s'en doute. Mais c'est comme une bataille invisible où l'on ne peut guère intervenir. Je vous laisse.

Chavane s'assit et regarda Lucienne. Il la trouvait jolie, quand il l'avait épousée, mais elle avait peut-être été belle pour d'autres yeux, plus avertis. Ce visage pierreux, aux orbites creuses, cette bouche décolorée, ces pommettes décharnées, c'était sa part, à lui. Les autres avaient eu droit à l'éclat des prunelles, au sourire qui promettait le bonheur. Le pauvre, c'était lui. Pauvre, bafoué, ridicule, mais surtout frustré, dépouillé. Quelle femme lui rendrait-on ? Une infirme, peut-être. Au mieux, un être vieilli, délabré. L'autre, la belle, la fraîche, l'éclatante, celle qu'il n'avait jamais vue, il ne la verrait jamais. Comment était-elle, quand elle se rendait chez Borelly ? Joyeuse ? Déjà prête à s'abandonner ? Que se disaient-ils, tous les deux ?

Penché vers le visage exsangue, il avait envie de

murmurer : « Que disiez-vous ? Est-ce que vous vous moquiez de moi ? Ou bien est-ce que vous ne pensiez, avant la séance de pose, qu'à faire l'amour ? Vous déjeuniez ensemble, pendant que moi, comme un imbécile, je roulais vers Dijon. Et après ? Où est-ce qu'il t'emmenait ? Qui rencontriez-vous ? Le soir, bien sûr, tu ne rentrais pas à la maison. Il désirait t'exhiber. par gloriole. Où ? »

Lucienne, immobile comme un marbre couché, lui opposait une absence inhumaine. Il ne saurait jamais ! Si ! Il saurait. Il allait remonter la piste, il y mettrait le temps qu'il faudrait, mais, si Lucienne était en train de lui échapper, il capturerait du moins son double, cette Layla, après l'avoir suivie à la trace, partout, et d'abord dans l'appartement qu'elle occupait, quand il n'était pas là.

Car enfin il y avait ce trousseau de clefs, qui, maintenant, prenait tout son sens. Il l'avait un peu oublié, depuis la veille, et soudain il découvrait quelque chose de sordide. Puisque Borelly était mort, elle allait donc, grâce à ses clefs, retrouver un autre homme ! Elle habitait avec lui la moitié de la semaine ! Cette vérité-là, il l'avait côtoyée et s'en était écarté avec horreur. Et pourtant, c'était la bonne. Son accident, elle l'avait eu en quittant son amant pour revenir endosser la personnalité qu'elle détestait, comme on abandonne, pour passer une blouse de travail, un vêtement élégant.

Lucienne respirait à peine, les yeux clos. Sa bouche,

tirée par un léger rictus qui laissait voir le blanc des dents, était crispée sur son secret.

Chavane, qui avait jeté son pardessus sur le fauteuil, retira sa veste. Il faisait trop chaud dans la chambre. On étouffait. Sa pensée courait devant lui comme un chien de meute. Il ne pouvait la retenir. L'hypothèse du garagiste n'était pas si bête. Une violente discussion surgit entre Lucienne et son amant. Elle le plante là et saute dans sa voiture pour regagner son domicile. L'amant veut la retenir. Il essaie de la rattraper en auto. Poursuite. L'homme, hors de lui, tamponne la petite Peugeot à plusieurs reprises et c'est le dérapage. Et alors, l'odieux individu, au lieu de porter secours à sa victime, se contente de donner à la police un coup de fil anonyme. Chavane approcha ses lèvres du pansement qui couvrait la tête de sa femme.

— Lucienne ?... Tu m'entends... Vous veniez de rompre, n'est-ce pas ?... Je voudrais en être sûr... Dis-moi que vous avez rompu... Après, je crois que ça ira mieux.

Il se redressa. Les momies ne parlent pas. Elles sont des choses, seulement des choses. Les tableaux non plus, ne parlent pas. Il souleva sa manche pour regarder l'heure. L'hôpital, la Galerie Berger ! C'était comme un jeu de miroirs qui se renvoyaient la même figure indéchiffrable. Il se rhabilla, faillit partir sans un regard en arrière. Mais, honteusement, il revint près de Lucienne, lui serra la main. L'embrasser était au-dessus de ses forces.

Il n'y avait presque personne à la galerie. Trois ou quatre curieux qui allaient d'une toile à l'autre, en retenant le bruit de leurs pas. Une vieille dame très fardée, collier de perles, bagues aux doigts, se tenait derrière une table ornée d'un magnifique bouquet. Chavane avisa une pile de catalogues, en prit un qu'il fit semblant de consulter en se dirigeant vers le fond de la galerie. De loin, il aperçut, le regardant venir, le portrait de Layla, et il se sentit bizarrement remué. Si Layla avait été sa maîtresse, il aurait pu ainsi lui donner rendez-vous, dans cet endroit désert. Poétisé par la distance, le visage de la jeune femme semblait vivre. Il était légèrement penché, en un mouvement plein de douceur, comme s'il s'était offert à une caresse.

Chavane s'arrêta. Jamais Lucienne ne l'avait accueilli avec autant de grâce. Mais oui, elle était très belle et c'était une accablante révélation. Ses yeux, qu'un trait de crayon allongeait obliquement, semblaient rêver comme ceux d'une douce bête captive. Il se remit en marche, très lentement, comme s'il avait craint de l'effrayer. Ses lèvres remuaient : « C'est moi... Je vais t'emporter... Tu n'as pas le droit d'être ici... »

Et soudain, quand il fut tout près, il découvrit, dans le coin gauche du cadre, un petit carré de carton : *Vendu*. Le sort s'acharnait. Il froissait dans ses doigts le catalogue. Il ne pouvait plus se décider à partir. Encore une fois, il arrivait trop tard. Il n'avait pas su retenir Lucienne ; il n'avait pas su retenir Layla, l'acheter quand il n'était pas trop tard. Mais il n'était peut-être pas trop tard, justement. La personne qui avait acquis le tableau accepterait peut-être de le revendre ? Incertain, Chavane s'interrogeait. Etait-ce bien la peine de se donner tant de mal ? Et pour quoi faire ? Pour goûter l'amer plaisir d'avoir le dernier mot ? Il serait tellement plus simple de renoncer, de retourner, son congé fini, au Mistral ! Layla le surveillait, le jugeait, avec ce regard à la fois attentif et distrait qui devinait ses plus secrètes pensées. Allait-il s'avouer battu, abandonner la partie ? Allait-il céder la place à l'autre, car celui qui avait acheté le tableau, c'était forcément... eh oui, c'était le rival.

Chavane jeta un dernier coup d'œil au portrait. « Si tu te voyais ! » lui dit-il, en songeant à celle qui agonisait. Il revint sur ses pas, jusqu'à la table où la vieille dame scintillante ressemblait à une voyante attendant un client. Il lui montra le catalogue.

— Ce tableau, savez-vous si je pourrais me le procurer ?

— Il est vendu.

— Je sais. Mais l'acheteur pourrait peut-être consentir à me le céder.

— C'est bien peu probable. Mais on ne sait jamais. Vous pouvez toujours essayer, monsieur. L'opération n'a rien eu de secret et l'acquéreur est un collectionneur connu. C'est M. Massicot... Il habite 66, avenue Mozart.

— C'est dans le seizième ?

— Evidemment, fit-elle avec une nuance de mépris.

Chavane, bien qu'il fût près de midi, n'hésita pas. Il guetta un taxi et se fit conduire avenue Mozart. Le 66 était un superbe immeuble de style ancien. Vaste vestibule. Noble escalier de pierre. Tapis rouge. Massicot habitait au premier. Lucienne était-elle déjà venue ici ? C'était quand même un peu trop beau pour elle ! La porte fut ouverte par un domestique dont Chavane, au premier contact, apprécia le style. Introduit dans un salon qui sentait la richesse d'une manière intimidante, il fut bientôt rejoint par celui qu'il haïssait déjà de toutes ses forces. Pas très grand, lourd, habillé de beige de la tête aux pieds, l'air d'un P.-D.G. pressé, Massicot l'interrogea du seuil de la pièce.

— Monsieur ?

Chavane se lança.

— Chavane... Paul Chavane... Je viens vous voir au sujet du tableau que vous avez acheté à la galerie Berger.

Le visage de Massicot s'éclaira.

— Vous voulez parler du portrait de Layla ?

— Exactement. Je suis prêt à vous le racheter.

— Vous êtes collectionneur ?

— Non... Mais ce portrait me rappelle quelqu'un.

Massicot poussa vers Chavane, à travers un guéridon, un coffret plein de cigarettes. Il avait maintenant un air ennuyé. « C'est lui ! pensait Chavane. C'est forcément lui. » Il repoussa le coffret.

— Avez-vous une raison particulière pour tenir à ce tableau ? demanda-t-il.

— Oui.

— Cette femme est peut-être de vos amies ?

— Oh ! Dieu non, s'écria Massicot. Je ne veux même pas savoir qui elle est.

— Alors, dit Chavane surpris, nous pouvons peut-être nous entendre ?

Massicot le prit familièrement par le bras.

— Venez. Je vais vous montrer quelque chose.

Il entraîna Chavane à travers une bibliothèque richement pourvue, et ouvrit une porte munie d'une serrure compliquée.

— Entrez, monsieur Chavane. Vous êtes dans mon musée.

Il pressa sur un bouton et des globes s'allumèrent au plafond. La pièce était longue et nue. Aux murs étaient accrochés des tableaux, beaucoup de tableaux. L'unique fenêtre, tout au bout de la pièce, était fermée par des volets métalliques.

— Je ne m'intéresse qu'aux peintres modernes, poursuivit Massicot. Regardez. Je parie que vous n'en connaissez pas un seul.

De plus en plus étonné, Chavane marchait devant son hôte. Parfois, Massicot s'arrêtait devant une toile.

— Un Knecht... Un Verhaeghe... Ça ne cesse de monter... Ce Mijno faisait trente mille ; maintenant, si je le vendais...

— Vous peignez ?

— Pas du tout. Mais j'ai de ça !

Il se pinça le nez.

— Je me trompe rarement. Pour moi, la peinture, c'est un investissement. Borelly, tenez, je suis sûr qu'avant peu... Surtout le Borelly dernière période. Le public commence à se lasser de ces abstraits...

Il montra un tableau qui ressemblait au drapeau japonais.

— C'est un Guisoni. S'il vous intéresse, je vous le cède. Cent cinquante mille ! Non, je plaisante. Je ne suis pas un marchand. Je me couvre simplement. Quand on a un peu de flair, la peinture, c'est encore le meilleur placement. C'est pourquoi je ne veux pas vous vendre le portrait de cette dame. Dans une dizaine d'années, alors oui. Il aura triplé. Désolé, cher monsieur. Mais il ne faut pas mêler peinture et sentiment.

Massicot consulta une fine montre en or qui détonnait sur son poignet velu.

— Je m'excuse. J'ai un rendez-vous.

Chavane prit congé, froidement. A qui s'adresser, maintenant, pour en savoir plus ? Sa colère était tombée. Il avait le cœur comme la rue, vide, lugubre. Il alla déjeuner d'un sandwich au buffet de la gare de Lyon. Là, du moins, il était dans son vrai « chez lui ». Un instant, il eut envie de passer sur le quai, de longer le Mistral jusqu'au wagon-restaurant, pour serrer la main des camarades. Mais ce serait trop triste ! Il but deux cafés et une framboise, se résigna à regagner son

87

appartement. Il s'étendit sur le lit pour réfléchir, et s'assoupit.

L'idée l'attendait au réveil. Une idée pas très originale mais, dans le désert où il errait, c'était un repère. Il chercha *Borelly*, dans l'annuaire. *Borelly... Cité Frochot...* Il feuilleta un plan de Paris, et localisa la cité Frochot, tout près de la place Pigalle. C'était à une demi-heure de métro. Fallait-il téléphoner pour s'annoncer ? Mais sur qui allait-il tomber ? Borelly avait-il laissé de la famille ? Et il ne savait pas encore quel prétexte il conviendrait d'invoquer. Celui qu'il trouva, en cours de route, n'était pas fameux.

Un jour, il avait eu comme client, dans le Mistral, un colon qui revenait du Congo. Après dix ans d'absence, il s'étonnait de tout. « Pour un broussard comme moi, disait-il, vous ne pouvez pas vous rendre compte. C'est formidable ce que tout a changé ! » Chavane s'imaginait très bien en broussard. Il était entré par hasard, la veille, à la Galerie Berger et il était tombé sur le portrait de Layla. Emotion ! Dix ans plus tôt, il avait fort bien connu la jeune femme. Et même il l'aurait peut-être épousée, s'il n'avait pas été obligé de partir. Il serait tellement heureux, maintenant, d'avoir un souvenir de Layla. A défaut du portrait, déjà vendu, il se contenterait d'une simple esquisse... Ma foi, l'histoire tenait debout. L'essentiel était de causer avec quelqu'un, de piquer sa curiosité. Avec un peu de chance, ce serait le diable s'il ne pouvait obtenir un renseignement concernant Layla.

« Après tout, se dit-il, j'ai bien le droit de me fabriquer, comme elle, une fausse identité ! » C'était même plutôt agréable d'entrer dans la peau d'un autre. L'ancien « fiancé » de Layla ! Une manière comme une autre de recommencer à zéro la pauvre aventure de son mariage.

La cité Frochot, bizarrement blottie entre la place Pigalle et la rue Victor-Massé, dans un quartier de boîtes de nuit et de bars louches fréquentés par des filles et des travestis, était comme une oasis de confort bourgeois et de respectabilité. Chavane sonna et la porte lui fut ouverte par une bonne qui le fit entrer dans un vestibule orné de tableaux représentant des grèves, des bateaux de pêche, des torrents de montagne. « Elle venait ici, pensa-t-il. L'atelier doit être quelque part à l'arrière de la maison ou sous le toit. Mais comment a-t-elle pu connaître Borelly ? Où a-t-elle bien pu le rencontrer ? Par l'intermédiaire de qui ? »

La bonne revint le chercher et l'introduisit dans un salon où l'attendait une dame d'un certain âge qui tenait sur ses genoux un caniche blanc taillé comme un fusain. Le chien sauta sur le tapis et lâcha un aboiement aigu.

— Ici, Mouche, dit Mme Borelly. Excusez-moi, monsieur. Je marche difficilement... l'arthrose, vous comprenez... Asseyez-vous.

Elle était vêtue de noir, sans un bijou, comme une veuve de la veille. Gêné, Chavane raconta l'histoire qu'il avait préparée. Elle l'écoutait avec beaucoup d'attention.

— Oui, dit-elle. Je me souviens de cette personne... Mon mari, à la fin de sa vie, aimait beaucoup peindre de très jeunes femmes...

Elle leva les yeux vers une toile posée sur un chevalet, à sa droite.

— C'est lui? interrogea Chavane.

— Oui. Un très bel autoportrait. Il venait de le terminer quand il a été emporté par une crise cardiaque.

Ils regardèrent ensemble le défunt, très avantageux avec son collier de barbe à la François Ier, et le bouton rouge de la Légion d'honneur.

— Il avait tellement de talent, reprit-elle. Cela faisait passer sur bien des choses.

Elle médita un instant. Le caniche était remonté sur ses genoux et elle lui grattait la tête, très doucement.

— Ne regrettez pas de ne pas avoir épousé cette jeune femme, dit-elle enfin. Quand on accepte de poser pour un peintre...

Elle n'acheva pas mais le sens de sa phrase était clair.

— Vous croyez que Layla?... murmura Chavane.

— Oh! Je n'ai rien contre elle. Et puis, maintenant, quelle importance!

— J'espérais que, peut-être, votre mari avait laissé d'elle quelques esquisses. J'ai entendu dire que les

peintres se faisaient souvent la main avant d'attaquer
un portrait.

Elle rit avec un peu d'amertume.

— Il a laissé, en effet, beaucoup de dessins...
surtout des nus. Je les ai brûlés. On ne laisse pas
traîner ces choses-là.

Peut-être avait-elle pincé le chien, car il poussa un
petit gémissement. Chavane se leva. Elle le retint d'un
geste.

— Ne partez pas encore... Je suis si seule, maintenant. Racontez-moi votre vie là-bas. Ça devait être
très pénible.

— Oui... encore assez, improvisa Chavane.

— Qu'est-ce que vous faisiez, au juste?

— Eh bien... j'abattais des arbres.

— Vous aimiez ce métier?

— Oui, au début... Et puis, quand j'ai eu assez
d'argent, j'ai voulu rentrer.

— Elle vous écrivait... cette personne?

— Pas souvent... Et maintenant, je ne sais plus
comment m'y prendre pour la retrouver... Mais, j'y
pense, comment M. Borelly faisait-il quand il avait
besoin d'elle?

Elle sourit tristement.

— Il lui téléphonait, dit-elle. Je le sais parce qu'il ne
se gênait pas. Il téléphonait devant moi... à l'une, à
l'autre... Nous étions ce qu'on appelle de bons camarades.

Sa voix fléchit et elle haussa les épaules.

— Tous ces numéros de téléphone, j'ai fini par les connaître par coeur. Ma mémoire l'étonnait toujours. Je peux vous renseigner, puisque vous y tenez... Layla... 622-07-96...

— Pas de nom de famille ?

— Les noms de famille, ça ne l'intéressait pas.

— Je ne sais comment vous remercier.

— Laissez ! Laissez ! Tout cela est si loin... Mais quand même, si vous la revoyez... puis-je vous l'avouer ?... j'aimerais être tenue au courant. Revenez quand vous voudrez.

Chavane, perplexe, se retira. Si la jalousie de Mme Borelly était fondée, Layla avait bien été la maîtresse du peintre. Il était ainsi renvoyé à sa première hypothèse. Mais alors, l'accident ?... Il se rappela qu'il y avait un bureau de poste, à deux pas, place des Abbesses, et il s'y rendit en hâte. On le renseigna fort obligeamment. Il n'avait qu'à appeler le 266-35-35 pour savoir l'adresse correspondant au 622-07-96, si toutefois ce numéro ne figurait pas sur la « liste rouge », celle des abonnés qui ne veulent pas que leur adresse soit communiquée.

Il eut tout de suite le 266-35-35, fit sa demande, indiqua le bureau de poste où il se trouvait et attendit, plein d'appréhension ou d'espoir ? Il ne savait plus.

Au bout d'un quart d'heure, il fut renseigné. Le 622-07-96 était le numéro d'un abonné s'appelant Dominique Loiseleur et habitant 160 bis, boulevard Pereire, dans le XVIIe.

Dominique Loiseleur... boulevard Pereire... Cette fois, c'était la bonne piste. L'alcool qu'il avait bu au buffet de la gare de Lyon lui brûlait l'estomac. Il avala un demi dans un bar de la place Pigalle, entre une fille aux cheveux bleus et un noir qui tenait une guitare entre ses genoux. Ainsi, Lucienne avait très bien pu être d'abord la maîtresse de Borelly et ensuite celle de Loiseleur. Ou plutôt, puisque Borelly lui téléphonait au 622-07-96, cela signifiait qu'elle habitait déjà, quelques jours par semaine, chez ce Dominique. Les jours où lui-même était de service!... Et le second trousseau de clefs qu'il avait découvert dans le sac à main prouvait qu'elle était aussi chez elle, boulevard Pereire. C'était d'ailleurs facile à vérifier !

Mais Chavane ne se sentait pas pressé d'y aller voir. Il tournait sans colère autour de la vérité comme une bête méfiante autour d'une charogne. Borelly était mort depuis dix-huit mois. Le portrait pouvait dater de deux ans. Donc, dès cette époque Lucienne habitait chez Loiseleur. Deux ans, et peut-être davantage. Pourquoi pas! Et pendant tant de mois il n'avait rien soupçonné. Pourtant, une femme amoureuse doit laisser percer, de temps en temps, quelque chose de ses sentiments? Il revoyait Lucienne, toujours calme, toujours prévenante. Quand il rentrait, elle lui disait gentiment : « Ça a bien marché? » Ensuite, bien sûr, elle n'écoutait pas ce qu'il racontait, mais sans montrer d'impatience. Rêveuse, voilà! Elle était rêveuse. Mais c'était sa nature. Elle n'était probablement pas plus enjouée avec Borelly ou avec Loiseleur. Alors ? Qu'est-ce qu'ils lui avaient trouvé ? Par quel biais était-elle particulièrement séduisante ? Sa beauté, sans doute ? Et encore, il ne fallait pas exagérer. Quand elle se promenait languissamment, le matin, dans la cuisine, pas encore coiffée, ni fardée, elle avait peut-être une grâce un peu animale mais rien qui fût de nature à donner un coup de sang. Sa conversation non plus, n'était pas très excitante. Ses capacités amoureuses ? Mais l'amour l'ennuyait, comme tant d'autres choses. Borelly, on pouvait comprendre à la rigueur pourquoi il s'était intéressé à elle. C'était le peintre qui avait été pris. Pas l'homme. Mais Loiseleur ?

Qu'est-ce que c'était que cet amant qui consentait à ne voir la femme aimée que quatre jours par semaine ? Qu'avait-elle bien pu lui raconter pour justifier ses absences ? Lui avait-elle dit que son mari travaillait sur le Mistral ? Et cet homme consentait à partager ! Il ne fallait pas qu'il fût très épris. Ou bien, il était marié, lui aussi. C'était peut-être un homme d'affaires qui ne passait qu'un jour ou deux par semaine ? Mais cela supposait un standing qui n'était pas en harmonie avec le genre de vie de Lucienne.

— Ça suffit ! fit Chavane à haute voix.

La fille, à côté de lui, le regarda et pouffa. Il jeta de la monnaie sur le bar et sortit. Les questions, dans sa tête, grouillaient comme des vers. Encore le métro, encore des escaliers. Et, pour finir, cet appartement silencieux, désert, hostile. « Je serais mieux à l'hôtel ! » pensa-t-il.

A nouveau, mais plus attentivement, il examina les clefs. La plus compliquée était évidemment celle de l'appartement. Les deux autres, celle de la porte de l'immeuble et celle de la boîte aux lettres. « Est-ce que j'y vais ? se demanda-t-il. Qu'est-ce que je ferai si je tombe sur ce Dominique ? J'aurai l'air malin ! Mais je peux toujours étudier le terrain, me renseigner. »

Ce n'était plus le moment de tergiverser. Il appela un taxi.

— 160 bis, boulevard Pereire.

Par chance, il n'y avait pas de concierge. Personne pour lui demander s'il cherchait quelqu'un. Il s'approcha de la rangée des boîtes aux lettres, les passa rapidement en revue et soudain s'immobilisa. Sur une plaque de cuivre, il lut :

Dominique Loiseleur
3e droite

Juste au-dessous de la plaque, il y avait une carte de visite :

Layla Ketani

Elle avait décidément toutes les audaces. Elle vivait ici sous le nom de sa mère. Chavane ! Ce n'était pas assez bon pour elle. Ou bien, c'était plutôt une précaution supplémentaire. Une manière prudente d'organiser sa double vie.

Rapidement, il introduisit la plus petite des trois clefs dans la serrure. La porte vitrée de la boîte s'ouvrit aussitôt. Il avait deviné juste. Il allait pouvoir entrer sans difficulté dans l'appartement. Un regard circonspect autour de lui. L'ascenseur, était là, tout près, sa cage encore allumée. Quelqu'un venait de l'utiliser, très peu de temps auparavant. Personne dans l'escalier. On aurait entendu le bruit étouffé des pas sur le tapis. Chavane appuya sur le bouton de l'interphone. Si Dominique Loiseleur répondait, il se ferait passer pour un représentant, assuré que, dans ce cas, Loiseleur l'enverrait promener. Il ne risquait rien. Il appuya encore. L'appareil resta muet. Cela signifiait que la route était libre. Il pénétra d'un air dégagé dans l'ascenseur. Les boiseries façon acajou étaient un signe de grand confort. Le moindre appartement dans cet immeuble devait valoir au bas mot cinq ou six cent mille francs. Il commençait à comprendre pourquoi Lucienne bâillait d'ennui, là-bas, dans le modeste trois pièces de la rue de Rambouillet. Elle filait sans doute dès qu'il avait tourné le coin de la rue pour regagner sa vraie maison.

Chavane s'observait dans le miroir de complaisance qui ornait l'une des parois de la cabine. Il ne perdait plus aucune occasion de jeter à son visage, dans les vitrines, dans le rétroviseur des taxis, un regard de reproche. Ce visage, lui non plus, n'était pas assez bon pour elle. Mais qu'est-ce qui avait, en fin de compte, provoqué la rupture ? De quoi s'était-il rendu coupable à son insu ? Qu'il ait voulu divorcer, cela lui semblait légitime. Mais qu'elle se soit lassée de lui la première, il trouvait cela monstrueux.

L'ascenseur le déposa au troisième. Il n'y avait que deux portes ; celle de gauche portant, au-dessus de la sonnette électrique, un petit bristol : *Huguette Platard*. Gentil, Huguette ! Frais comme un bouquet. A celle de droite, la scandaleuse carte de visite : *Layla Ketani*. Exactement comme si Lucienne était la propriétaire de l'appartement.

La clef s'adaptait comme prévu à la porte. Chavane entra. Il ne faisait pas plus de bruit qu'à l'hôpital, quand il s'avançait vers le lit. Il écouta. Mais Lucienne ne pouvait pas être à la fois là-bas et ici. Il songea qu'il traquait des fantômes et chercha le long du mur un commutateur. La pièce s'éclaira. Des coussins de cuir blanc, sur un tapis arabe, des plateaux de cuivre, une table basse ; tout cela ressemblait plus à l'intérieur d'une tente de Bédouin qu'à un vestibule. Evidemment, de Lucienne à Layla, il y avait un chemin secret qui menait vers une enfance mystérieuse. Mais pourquoi avait-elle choisi, pour se raconter, ce Loiseleur, au nom prédestiné ? Savait-il donc écouter mieux que lui ? Pourquoi n'avait-elle jamais essayé de lui parler de son passé ? Le jugeait-elle trop grossier ou trop indifférent ?

Adossé à la porte, il regardait les dessins compliqués du tapis, à ses pieds, et une vérité encore incertaine se faisait jour en lui. Elle avait décidé qu'il y avait entre eux trop de différences, trop de distance à franchir. Sa voix ne porterait jamais jusqu'à lui. L'idiote ! Elle n'avait pas compris qu'il attendait, lui aussi, un appel. Il sentait qu'il s'expliquait mal. Il dramatisait à côté. Ce n'était pas tout à fait cela, le fin mot de leur mésentente. Mais cela avait quelque chose à voir avec ce tapis et ces cuivres et ces coussins.

Il traversa le vestibule et entra dans le living. Lumière. Il n'était pas question d'ouvrir les volets métalliques. Modernisme provoquant. Des tubulaires, beaucoup de métal brillant, du verre, des sièges mous, se façonnant comme de la glaise autour du corps qui voulait s'y reposer. Aux murs, quelques toiles proposant des puzzles multicolores. La première manière de Borelly. Chavane, maintenant, n'avait même plus besoin de vérifier la signature. Dans un angle, un bar, petit mais amplement pourvu. Chavane se servit un whisky, par défi, pour se prouver qu'il avait, lui aussi, des droits. Son verre à la main, il passa dans la cuisine, à la recherche de quelques cubes de glace. Le réfrigérateur était vaste et contenait beaucoup de boîtes de conserve : foie gras, caviar, poulet en gelée, des choses hors de prix que Lucienne n'aurait jamais osé acheter. Ce Dominique jouissait vraisemblablement de moyens importants. Four, lave-vaisselle, plan de travail équipé d'appareils électriques pour moudre, écraser, éplucher, quelques plaques chauffantes réglées par des cadrans, le tout aussi luisant de propreté que la cuisine du Mistral.

Buvant à petites gorgées distraites, Chavane se promenait lentement. Il fit le tour de la pièce dont le revêtement de mosaïque bleuté lui renvoyait son reflet, revint dans le living d'où il passa dans la chambre. Là, il éprouva une surprise vaguement scandalisée : le lit était rond.

Il avait déjà vu ce genre de lit dans des magazines, car souvent les voyageurs abandonnaient dans le wagon leurs journaux, leurs revues et, avant de les détruire, il y jetait parfois un coup d'œil. Les lits ronds et couverts de fourrure lui avaient toujours paru licencieux. Il avait devant lui le lit de Layla, sans doute une fantaisie de ce Loiseleur qu'il imaginait peu à peu, riche, sensuel, corrompu, et il crispait le poing autour de son verre.

La pièce, très spacieuse, était tendue d'une étoffe d'un gris pâle, dans le même ton que la moquette. De chaque côté du lit, il y avait un fauteuil, bas et profond, de cuir clair. En face de la fenêtre, une chaise de style Louis XV. Peut-être ? Chavane n'était pas très compétent. Enfin, un meuble de bois sombre, pas plus haut qu'une desserte, occupait le dernier panneau. Il devait servir d'armoire. Chavane tira sur la poignée. La porte était fermée à clef. Une marine, sur l'un des murs, ménageait une échappée de lumière. La plage, déserte. La mer, au loin, derrière un rouleau d'écume, et un ciel immense et vide.

Chavane atteignit le seuil de la salle de bains. Carrelage rose, baignoire rose, lavabo rose. Miroir ovale, au-dessus de la table de maquillage, encombrée de boîtes, de tubes, de flacons. Deux perruques posées sur des têtes de cire ; l'une brune ; l'autre blonde. Aucun détail qui ne rejetât Chavane dans les ténèbres extérieures. Ici, il était horriblement de trop. Cependant, il s'entêtait à fureter car il s'étonnait de ne trouver nulle part trace de Loiseleur. Où avait-il fourré ses savates, son pyjama, sa robe de chambre ?

Il découvrit la penderie, logée dans le mur et à peine visible. Elle contenait en abondance robes, manteaux, fourrures, chaussures de jour et du soir. Mais aucun vêtement masculin. Chavane décrocha une fourrure qu'il tint à bras tendu sous l'applique dorée qui éclairait cette partie de la chambre : agneau de Sibérie ; plusieurs fois ce qu'il gagnait en un mois ! Il remit la fourrure sur son portemanteau, tâta les étoffes, soie, satin, dut s'asseoir près de la table de chevet, à côté du téléphone et d'un vase où se mouraient des œillets blancs.

Il ne comprenait plus. Que Layla lui eût préféré un autre homme, soit. C'était abominable mais pas impensable. Mais ce luxe qui le souffletait ! Et surtout que Lucienne y fût à l'aise ! Et qu'en outre elle fût capable d'y renoncer pour redevenir la Cendrillon qui l'attendait en lisant *Autant en emporte le vent* ! C'était une révélation qu'il ne savait plus par quel bout prendre. A côté du téléphone, il y avait un petit agenda en maroquin. Tout de suite, il remarqua que certains jours étaient marqués d'une croix. Il réfléchit, rapprocha des dates. Pas de doute. Ces jours marqués d'une croix c'étaient ceux qu'il passait dans le train, ceux qui appartenaient tout entiers à Layla. Lucienne arrivait, modestement vêtue. Elle était encore Mme Chavane, dans l'ascenseur, dans le vestibule. Vite, elle se débarrassait de sa tenue de servitude et devenait ce personnage d'emprunt qui se faisait peut-être appeler Mme Loiseleur, dans les endroits chics qu'elle devait fréquenter. Elle ne le trompait pas. C'était pire. Elle l'effaçait. Il restait dehors, comme un cabot aux mauvaises manières et aux pattes sales.

Le soir de l'accident, elle était partie d'ici, pour une raison mystérieuse, puisqu'elle avait encore devant elle une journée de liberté. Et quelqu'un, alors, l'avait suivie, poussée. L'idée de ce meurtre plaisait à Chavane. En un sens, c'était bien fait. Tête de Loiseleur quand il constaterait que sa conquête avait disparu ! Il pourrait toujours remuer ciel et terre pour la retrouver. La blessée de l'hôpital était Lucienne Chavane. Layla n'existait plus. Elle n'avait jamais existé que sous la forme d'un tableau soustrait, désormais, aux regards des curieux. Quant à la carte de visite... Chavane traversa l'appartement et alla l'arracher. Il la réduisit en petits morceaux qu'il jeta à la poubelle. Finie, Layla !

Finie pour les autres, peut-être ! Mais il ne réduirait pas sa mémoire en petits morceaux. Layla continuait à y vivre, ses cheveux tirés en arrière, ses boucles d'oreilles brillant comme des étoiles, ses yeux regardant devant eux quelle image ?

Il fit encore une fois le tour de l'appartement, notant des détails qui lui avaient échappé. Il aperçut un électrophone portant encore un disque sur son plateau... Enrico Macias. A côté, une boîte de Craven était entrouverte. Il en alluma une et s'ensevelit dans un des fauteuils-fondrières. Lucienne, elle, fumait des Gauloises. Sa pensée continuait à errer, il s'avisa qu'il n'avait pas trouvé de bijoux. Pourtant Layla ne sortait sûrement pas sans collier, sans bracelet. Le coffret était sans doute dans cette armoire qu'il faudrait ouvrir le plus tôt possible. Savoir ce qu'elle recelait ! Cette histoire de meurtre... Il avait oublié quelque chose tout à l'heure. Lucienne avait de toute évidence été poussée sur le lampadaire par son amant. Donc celui-ci savait qu'elle avait été conduite à l'hôpital. Est-ce qu'il chercherait à la voir ? Est-ce qu'il connaissait son autre identité ?... Et si tout cela n'était qu'hypothèse. Si personne n'avait attaqué Layla... Et si Loiseleur revenait ? Il possédait les clefs de l'appartement, lui aussi. Rentrant de voyage, il se précipiterait, la bouche en cœur, un cadeau dans la poche. Ce serait amusant de le recevoir. « Qui êtes-vous ? — Le mari de Layla ! »

Chavane se dit : « De deux choses l'une : ou bien Loiseleur est l'auteur de l'accident et il y a de fortes chances pour que, quitte à prendre des risques, il vienne se renseigner à l'hôpital ; ou bien il est innocent, et c'est ici que je le verrai rappliquer. Dans les deux cas, je connaîtrai sa sale gueule ! »

Il écrasa rageusement son mégot et pensa que si l'autre venait le provoquer... mais, comme il était méticuleusement propre, il lava son verre et vida le cendrier ; puis, avant de repartir, il examina attentivement la serrure de l'armoire. Avec une lame assez épaisse, il l'ouvrirait facilement, en faisant levier. Demain... Si l'appartement demeurait vide.

Suivirent des heures mortes, meublées de ratiocinations épuisantes. Au moment où il allait se coucher, Ludovic retéléphona.

— Je ne te dérange pas ?... Tu as oublié de me donner les papiers de la voiture. Il me les faut le plus vite possible.

— Demain matin... A l'hôpital, si tu veux. Mais pas avant onze heures.

— Très bien... J'ai fait un petit saut là-bas, sur le coup de cinq heures. Je ne tenais plus en place, tu me comprends.

— Et alors ?

— Alors, rien. C'est toujours pareil. Elle semble dormir. Elle a son visage de petite fille.

Il y a des mots, comme ça, qu'on emploie sans penser à mal et qui s'enfoncèrent très loin, plus loin que la chair, plus loin que le cœur. Chavane sentit un spasme d'émotion lui nouer la gorge. Son visage de petite fille ! L'image avait surgi, nette comme une présence. Lucienne ! Celle d'avant le mariage. Celle d'autrefois, qui lui mettait les bras autour du cou quand il lui apportait un cadeau. Ludovic ne s'était aperçu de rien.

— Si cet état doit durer, continuait-il, nous ne pourrons pas la laisser indéfiniment à l'hôpital. D'abord toi, tu as ton travail. Je suis persuadé que nous pourrions nous débrouiller avec l'aide d'une infirmière. Moi, j'ai tout mon temps et je saurais m'y prendre avec Lulu. J'ai été un peu sa mère. On s'installerait chez moi ou chez toi. Plutôt chez toi, à cause de la gare qui est tout à côté.

— On n'en est pas là, dit Chavane.

— Non, bien sûr. Mais j'aime bien tout prévoir. Tu sais que tu peux compter sur moi.

— Oui, oui. Merci. Entendu pour demain. Bonsoir, parrain.

Ramener Lucienne ici ! Sans blague ! Alors qu'elle avait un luxueux appartement dans un des quartiers les plus agréables de Paris ! Sa colère se rallumait. Il était presque tenté de rappeler Ludovic pour lui jeter la vérité à la figure. Il lui crierait : « Elle a un amant qui a voulu la tuer, ta Lulu ! Alors, crois-moi, elle est bien où elle est ! » Longtemps, il fit les cent pas, de la chambre à la salle à manger. Ce qu'il souhaitait, c'était qu'elle sortît de ce coma qui compliquait tout. Quand elle serait en état de l'entendre, il lui dirait : « Je suis au courant, pour Dominique. Ne nous fâchons pas. Tu iras de ton côté et moi du mien. » C'était vraiment ce qu'il souhaitait, et pourtant... il y avait autre chose... ce qu'il désirait avec la même force, c'était qu'elle essayât de lui expliquer comment elle en était venue là. Tant que Lucienne serait Layla, il ne pourrait se résoudre à la laisser partir. Ce serait l'idée fixe, la hantise. Une sorte de passion à rebours dont il sentait déjà l'atteinte. Il chercha, dans le tiroir où étaient rangés les clous, les pinces, le marteau, la ficelle, un outil convenable. Son vieux couteau suisse aux lames multiples ferait l'affaire. Fracturer l'armoire apaiserait peut-être la violence inconnue qui lui mettait le feu à la tête. Il força sur la dose de somnifère et cessa de penser.

A neuf heures et demie, il arriva boulevard Pereire. Peut-être était-il un peu tôt. Il risquait de trouver des gens, sortant de l'ascenseur. Peut-être même croiserait-il Loiseleur ? Ou bien se heurterait-il à lui, sur le palier. La veille, il avait longuement hésité. Aujourd'hui, il était décider à foncer. Il aperçut, au passage, dans la boîte aux lettres, la tache claire d'une enveloppe. Il ouvrit la boîte sans le moindre scrupule. Tout ce qui était adressé à Layla le concernait. Ce n'était pas une enveloppe mais une simple feuille de papier, arrachée à un bloc et pliée en deux. Le texte en était écrit au crayon. Il le lut dans l'ascenseur.

Chère Layla,

Je voudrais vous voir. Tâchez de passer ce dimanche,
vers minuit, chez Milord.

Votre Fred.

Milord... Fred... Ces noms lui semblaient évoquer
quelque chose de louche, d'inquiétant. *Ce dimanche...*
Normalement, il aurait dû repartir, sur le Mistral. Et
pourquoi minuit ? Layla avait donc l'habitude de
passer la nuit dehors ? Et puisque ce Fred ne faisait
aucune allusion à Loiseleur, cela signifiait-il que Layla
sortait seule ?... De nouveau, le manège aux questions
tournait dans la tête de Chavane. Il avait oublié
d'actionner l'interphone. Il sonna à la porte. Aucun
bruit. Il ouvrit et alluma l'électricité.

Le silence était celui d'un appartement vide. Il
suspendit son pardessus et son chapeau à un portemanteau, puis il passa dans le living et alluma une
Craven. N'était-il pas chez lui ? Au même instant, le
téléphone sonna et, d'émotion, il faillit lâcher sa
cigarette. Dominique ?... Hésitant, il laissa sa main en
suspens au-dessus de l'appareil. Puis la curiosité
l'emporta. Il décrocha d'un geste rageur.

— Allô ?

Il y avait quelqu'un au bout du fil et, minuscules
mais distincts, les bruits d'un café. S'énervant, il
répéta :

— Allô ?

Là-bas, l'autre se taisait, stupéfait sans doute d'entendre une voix d'homme et non pas Layla, et c'était comme deux souffles qui s'épiaient. Enfin, la communication fut coupée. Chavane écouta encore puis reposa doucement l'appareil. Il venait de frôler le monde de Layla et avait l'impression qu'on lui en avait interdit l'entrée. A la réflexion, il ne pouvait s'agir de Dominique. Celui-ci n'aurait pas manqué de demander : « Qui êtes-vous ? » On ne prend pas ces précautions pleines de méfiance quand on téléphone chez soi. On se fait spontanément reconnaître. Alors qui ?

Chavane sortit la plus grande lame de son couteau et marcha résolument vers l'armoire. Il en avait assez de ces mystères. Il réussit à introduire la lame entre les battants, exerça une pression à droite, à gauche, et sans qu'il sût très exactement comment il s'y était pris, il sentit que la porte se libérait. Elle s'entrebâilla, comme poussée de l'intérieur. Il tira les battants à lui et soudain quelque chose de soyeux comme un pelage lui dégringola sur les mains. Il recula vivement, la lame dardée, prêt à se défendre, et puis son cœur se calma. Ce qui gisait sur la moquette, c'était un ours en peluche, roux avec les semelles blanches, qui, bras et jambes tendus vers lui, le regardait fixement de ses yeux de verre.

Chavane le repoussa du pied et examina l'intérieur du meuble. Il y avait des piles de linge qu'il déposa soigneusement sur le lit, pour explorer le fond des étagères. Il apercevait une boîte plate qu'il fit venir à lui. Il souleva le couvercle et resta saisi. Elle contenait un train, admirablement miniaturisé, locomotive Pacific, fourgon à bagages, voitures de métal clair avec un bandeau rouge portant le sigle : T.E.E. Il n'y manquait même pas le wagon-restaurant, avec, sur les tables, les minuscules lampes à abat-jour. Dans la partie inférieure de la boîte étaient logés les rails.

Absurdement ému, Chavane, comme un gamin émerveillé, saisit délicatement un wagon, puis l'autre. Il les faisait rouler sur son avant-bras, du bout du doigt poussait les boggies, dans un sens, dans l'autre. C'était tellement incongru qu'il renonçait à penser. Il remit les wagons dans les alvéoles de plastique ménagées dans la boîte comme des empreintes et poussa le train à l'écart. Il n'avait pas fini d'explorer. Du fond de l'armoire, il retira une machine à coudre naine, un sous-marin, une voiture de pompiers avec son échelle, le Fort Alamo et d'autres jouets encore, tous lilliputiens et pourtant hallucinants de vérité. Est-ce que Layla s'amusait comme une enfant quand elle était seule ? Mais quoi, Layla, c'était Lucienne et jamais Lucienne n'aurait eu l'idée de s'acheter un train électrique ou une voiture de pompiers !

Complètement dépassé, il rangea les jouets dans l'ordre où il les avait trouvés, le train, pour finir, mais il admira encore une fois le wagon-restaurant. Puis il aligna les piles de linge et, enfin, il ramassa l'ours. Mais il s'aperçut alors que le dos de la bête pouvait s'ouvrir, comme un sac, grâce à une longue fermeture Eclair. Layla devait y cacher sa chemise de nuit. D'un coup sec, il fendit en deux l'animal. L'ours recelait

109

dans ses flancs des liasses de billets de banque retenus par des élastiques.

Chavane ne s'étonnait plus de rien. Il compta presque distraitement les liasses... Soixante mille francs ! Six millions, comme aurait dit Ludovic. Il passa la main au fond du sac pour s'assurer qu'il était bien vide. Ses doigts palpèrent une enveloppe, qu'il ouvrit. Il y avait un texte très court, tapé à la machine :

Je soussignée Léonie Rousseau reconnais devoir à Mme Layla Ketani la somme de cinquante-cinq mille francs que je m'engage à lui rembourser dans les six mois.

Paris, 1er juillet 1978

Léonie Rousseau

Soixante mille plus cinquante-cinq mille, cent quinze mille francs ! Lucienne se plaignait toujours d'être à court d'argent. Pourquoi n'en demandait-elle pas à Layla ? Chavane alla boire un gin-tonic. Ainsi, elle prêtait ! Et à quel taux ? Cela supposait des dons d'organisation, des fiches, une comptabilité. Fred était peut-être un emprunteur ? Et Dominique était fatalement au courant. Joli couple d'usuriers ! Mais non ! Des usuriers ne collectionnent pas des sous-marins et des machines à coudre ! Chavane alluma une autre Craven. « Si je ne deviens pas dingue ! » murmura-t-il.

Dans le tohu-bohu de ses pensées, l'idée du meurtre commençait à s'imposer avec force. L'argent ! C'était l'argent qui allait peut-être tout expliquer. Un débiteur aux abois ? Pourquoi pas ? Mais les jouets ? Chavane revint dans la chambre, interrogeant encore une fois chaque objet. La duplicité de Lucienne l'emplissait d'une sorte d'admiration. Qu'elle ait pu les tromper, Ludovic et lui, avec une telle audace tranquille, cela tenait du miracle. Et encore, lui, ça pouvait se comprendre. Mais Ludovic, qui téléphonait si souvent ? Si souvent, sauf la nuit. Et la nuit était le royaume de Layla !...

Chavane s'assit devant la table de maquillage, passa en revue les tubes, les flacons, les fards. Lucienne s'installait ici. C'était la loge de son théâtre. C'était ici qu'elle changeait de visage, avant de s'en aller par les rues, comme un loup-garou. Il caressa les perruques. Quel aspect avait-elle, en blonde ? Il l'imaginait, venant à sa rencontre, sautillant sur ses hauts talons, ses boucles claires donnant à ses yeux sombres un éclat inconnu. Elle était désirable. Dans les bras de Dominique, elle était une vraie femme.

Il mit sur son poing la perruque blonde, la fit lentement tourner, prit un peigne sur la coiffeuse et le passa avec précaution dans les cheveux qui crépitaient un peu, accrochant des reflets qui paraissaient vivants. C'était voluptueux, et horriblement triste. Cette perruque, c'était tout ce qu'il avait de Layla. Il la fourra brutalement dans sa poche. L'heure était venue d'aller à l'hôpital.

Il se leva et vit l'ours, sur le lit. Il n'allait pas laisser traîner cette fortune qui n'appartenait plus à personne. Il garnit de billets les poches de son pardessus et rangea dans son portefeuille la reconnaissance de dette. Cent vingt billets de cinq cents, ce n'était pas très difficile à loger. Ce qu'il en ferait, il l'ignorait encore. Certainement un meilleur usage que Layla !

Il remit l'ours dans l'armoire dont il rapprocha les battants et sortit de l'appartement sans chercher à se cacher. Pour calmer l'excitation qui l'enfiévrait, il marcha jusqu'à l'hôpital. Dans la nuit, la neige avait fondu. Un soleil exsangue flottait entre des nuages roses qui couraient en fumée. Bientôt, il lui faudrait regagner le Mistral. Et le temps s'écoulerait... Et il ne saurait jamais qui était Layla, si Lucienne venait à mourir. Layla, elle, continuerait son existence insaisissable. Il ne serait qu'un demi-veuf, en proie à un demi-chagrin.

Il s'arrêta au secrétariat pour en finir avec les formalités qu'il avait négligées, et monta dans la chambre. Marie-Ange lui montra le lit où Lucienne semblait dormir.

— Elle est toujours dans le même état. Les examens ne nous ont rien appris de nouveau. Elle a un peu de fièvre. Sa tension est faible.

Chavane s'approcha, toucha le front de sa femme.

— A-t-elle des chances ?

— Le docteur ne désespère pas. Pour le moment, elle est dans un coma profond. Mais ça peut changer en quelques heures.

— Je ne dérange pas?

— Mais non. Les soins sont terminés, provisoirement.

Chavane s'assit tout près de Lucienne. Silencieusement, Marie-Ange quitta la pièce. Lucienne à la maison; Layla boulevard Pereire, et maintenant cette troisième femme, au visage cendreux, aux yeux clos. Et lui, ricochant de l'une à l'autre, ballotté d'une énigme à l'autre, le pauvre type égaré dans ce jeu mortel. Il retira son pardessus tout craquant de billets et se pencha sur la gisante. N'avait-elle pas bougé? Il touchait, dans sa poche, la perruque blonde. Savoir, rien qu'une minute, rien qu'une seconde, à quoi Lucienne ressemblait, quand elle portait cette perruque. Il n'osait pas faire le geste. Cela lui paraissait sacrilège. Et s'il était surpris, quelle honte!

Les cheveux s'enroulaient autour de ses doigts. Ils se mouillaient de sueur. Rien de plus simple, pourtant. Et cela suffirait peut-être à apaiser sa dévorante curiosité. Soudain résolu, il sortit la perruque et, avec des mouvements qu'il n'arrivait plus à contrôler, il la plaça tant bien que mal autour du pansement qui cachait le front et les oreilles de sa femme. Ce qui apparut le fit reculer. Ces lèvres grises, ces joues creuses, ces paupières baissées et, couronnant cette face moribonde, l'effervescence joyeuse des bouclettes, c'était... c'était sale... comme une basse fornication du regard. Chavane rempocha vivement la perruque. Il avait espéré que, par une espèce de magie, Layla allait surgir et il l'avait définitivement perdue. Il saisit la main de Lucienne.

— Pardon ! chuchota-t-il. Pardon !

Chez Milord était un bar dont Chavane trouva facilement l'adresse, rue Quentin-Bauchart. Il s'y rendit, un peu avant minuit. Il y avait déjà beaucoup de monde, presque uniquement des hommes. Les murs étaient ornés de photographies de chevaux et de jockeys célèbres. La fumée était si dense qu'elle fit tousser Chavane. Il contourna quelques groupes, au vol entendit parler de terrain lourd, d'un cheval qu'on donnait à douze contre un, et aborda le bar devant lequel un tabouret demeurait inoccupé.

— Whisky, commanda-t-il. Et il ajouta en baissant la voix : Savez-vous si Fred est arrivé ?

— Il est trop tôt, répondit le garçon.

— Est-ce qu'il vient tous les jours ?

— Ça dépend.

— Je ne le connais pas et j'ai une commission à lui faire. Prévenez-le que quelqu'un veut lui parler. Je vais m'installer là-bas, près de la fenêtre.

Il emporta son verre et s'assit dans un profond

fauteuil de cuir, à côté d'une table qui venait d'être libérée, car un mégot de cigare fumait encore dans un cendrier. L'endroit était un rendez-vous de turfistes. Fred était peut-être un parieur. Qu'avait-il à voir avec Layla ? Qu'est-ce que Layla venait chercher dans ce bar où il n'y avait que des hommes ? Peut-être jouait-elle ? Il n'en était pas à une surprise près. Tout cet argent qu'il avait mis en lieu sûr était peut-être le produit de quelques tiercés heureux ? Ce Fred devait la conseiller. Mais comment comprendre que Layla fût, en tout, le contraire de Lucienne ? Si elle avait joué aux courses, le dimanche elle n'aurait pas lâché des yeux la télévision, au moment du tiercé. Or, elle le laissait toujours libre de choisir l'émission qu'il préférait. Les films, les sports, les variétés, rien de tout cela ne l'intéressait beaucoup. Elle regardait un moment et finissait toujours par prendre un livre. Et pourtant Fred n'aurait pas fixé ce rendez-vous à Layla si elle avait ignoré l'adresse de *Chez Milord*.

Chavane regarda l'heure. Il repassa la petite histoire qu'il avait imaginée et qui lui permettait de poser toutes sortes de questions sans éveiller la méfiance. Avant de venir, il avait lu plusieurs fois, dans le petit Larousse qui voisinait inexplicablement avec un livre de cuisine que Lucienne n'ouvrait jamais, l'article concernant le Gabon. Il savait maintenant où le Gabon était situé. Productions : l'okoumé, le caoutchouc, le cacao, le manganèse. Pour la fable qu'il avait inventée, c'était l'okoumé qui convenait le mieux.

L'arbre, c'était propre, rentable et même poétique. Et un homme qui vit en forêt a bien le droit, quand il revient à Paris, de s'y sentir dépaysé. Ne pas oublier les mots clefs : Libreville, Port-Gentil, Ombooué, Lambaréné. Se rappeler aussi le nom du président : Bongo. Avec ces notions et un peu d'adresse, il se débrouillerait facilement. Personne n'irait vérifier ses dires.

Il vit le garçon qui parlait avec un petit homme engoncé dans un raglan. C'était sûrement Fred. L'homme se retourna, remercia le garçon et s'avança vers la table de Chavane. Il était maigre, glabre, et ne paraissait pas rouler sur l'or. Chavane se leva.

— Je viens de la part de Layla, dit-il.

— Ah ! Elle a eu un empêchement ?

— Oui.

Ils se serrèrent la main.

— Qu'est-ce que je vous offre ? dit Fred.

— La même chose.

Fred fit un signe au garçon. « Deux ! », cria-t-il. Il retira sa casquette et son raglan. Il avait les cheveux blancs et portait une veste à carreaux et une culotte de cheval.

— Elle n'est pas malade ? reprit-il.

— Non.

— Je ne vous ai jamais vu ici.

— Je viens juste de rentrer en France. J'étais au Gabon. J'ai passé sept ans, là-bas. Layla devait m'accompagner. Et puis, au dernier moment, elle n'a plus voulu partir avec moi.

— Ça ne m'étonne pas, dit Fred en riant.

— Nous avons quand même échangé des lettres... Et puis, je l'ai prévenue que j'arrivais et nous nous sommes retrouvés à l'aéroport, ce matin. Je ne l'aurais pas reconnue. Ce qu'on peut changer en sept ans !

— A qui le dites-vous !

— Le temps de prendre un verre et elle repartait. Un déplacement imprévu, paraît-il. Elle n'a pas voulu que j'aille à l'hôtel et elle m'a donné les clefs de son appartement. Elle m'a aussi donné votre billet.

Il déplia sur la table le billet qu'il avait pris dans la boîte aux lettres.

— C'est pourquoi je suis là, ajouta-t-il.

— Comme c'est contrariant, grommela Fred. Elle ne vous a pas dit quand elle reviendrait ?

— Non.

— Oh ! Je suis habitué. On ne peut jamais rien savoir, avec elle.

Le garçon apporta les deux whiskies et demanda :

— Vous avez rencontré Bertho ?... Il met le gros paquet sur Poupoule, demain, dans la troisième, à Cagnes.

Fred prit Chavane à témoin.

— Poupoule ! Vous vous rendez compte. Faut en avoir à jeter par la fenêtre.

Il y eut, entre Fred et le garçon, un échange de

propos si techniques que Chavane n'y comprit rien. Puis quelqu'un appela : « Antoine ! »

— Voilà... Voilà..., répondit le garçon, qui s'éloigna rapidement.

— Faut vous dire, expliqua Fred, que j'ai été jockey, et même jockey d'obstacles. Neuf fractures. Sans parler des autres gnons. Je ne cours plus, bien sûr. Mais on me demande encore mon avis.

— Layla vous consultait ?

Fred haussa un sourcil.

— Elle se fout pas mal des chevaux. Ce n'est pas ça qui compte pour elle.

— Alors, qu'est-ce qui compte ?

Fred fixa Chavane dans les yeux. Il avait dû être rouquin, car ses sourcils avaient mal blanchi et laissaient voir, çà et là, des poils dorés.

— Vous vouliez l'emmener là-bas ? dit-il.

— Oui. Nous étions vaguement fiancés.

Fred s'absorba dans la contemplation de son verre. Enfin, il haussa les épaules.

— Ce ne sont pas mes affaires, murmura-t-il. Elle vous a chargé d'une commission pour moi ?

— Eh bien... elle s'excuse.

— Bon, bon. Elle s'excuse. C'est tout ?

— Oui.

— Elle paraissait très pressée ?

— Oui.

Fred avala d'un trait son whisky puis tira d'une poche intérieure un carnet dont il arracha une feuille.

Chavane lui tendit le stylo à bille qui ne l'abandonnait jamais et Fred écrivit deux mots, avec une lenteur appliquée car sa main tremblait. Chavane n'eut pas de peine à les lire : « *Ça presse.* »

— C'est tout ? demanda-t-il.

— Oui. Elle comprendra.

Fred se fouilla mais Chavane l'arrêta d'un geste.

— Laissez. C'est pour moi, et il déposa sur la table un billet de cinq cents francs puisé dans le trésor de guerre de Layla. Fred rendossait son raglan.

— Bonsoir. Et n'oubliez pas. Dès que vous la verrez, mon petit mot. Merci.

Il se faufila parmi les clients qui stationnaient debout dans les allées et Chavane le perdit de vue. Mais son image subsistait, devant ses yeux, avec la netteté d'une photographie : les trois rides superposées sur le front, les prunelles grises, la petite cicatrice au coin de la bouche, la pomme d'Adam qui remuait sans cesse au-dessus du chandail à col roulé, l'air inquiet aussi, et même désemparé d'un homme qui était venu chercher quelque chose. « De l'argent ! », pensa Chavane. D'où ce billet bizarre : « *Ça presse.* » J'aurais dû lui en offrir, mais combien ? Et n'aurait-il pas trouvé étrange que Layla, qui ne m'avait pas vu depuis des années, me charge comme ça, du premier coup, sans explication, d'une commission aussi délicate ? En somme, je ne suis pas plus avancé ! »

Il médita un instant devant son verre vide. Il était tenté de renoncer ; tant pis, Layla demeurerait pour toujours une femme surgie de nulle part et retournée à sa nuit. Mais il savait bien qu'il reviendrait *Chez Milord,* qu'il interrogerait Fred pour lui soutirer, sans en avoir l'air, quelques renseignements qui lui permettraient d'aller plus loin, de capturer Layla, qui, bien qu'elle fût couchée dans son lit d'hôpital, restait ce fantôme agile qui se dérobait sans cesse devant lui. Avant de partir, il posa encore quelques questions au garçon.

— Fred attendait une jeune femme très brune, dont il a bien dit le nom devant moi, mais je ne l'ai pas retenu. Ça ressemblait à Allah... Vous la connaissez ?

— Non. Je ne vois pas. Mais je ne suis là que le soir.

— Et... de vous à moi... de quoi vit-il, Fred, puisqu'il ne monte plus.

— Je suppose, dit le garçon, qu'il a une combine. Mais ici on ne cherche pas à savoir.

— Quel âge a-t-il ?

Le garçon commença à le regarder avec méfiance.

— Pourquoi vous ne lui demandez pas ?

Quelqu'un frappa sur le bar avec une pièce de monnaie. Chavane n'insista pas. Il sortit et arrêta un taxi sur les Champs-Elysées.

— 160 bis, boulevard Pereire.

Il avait envie de coucher dans le lit de Layla, d'occuper en propriétaire cet appartement où d'autres découvertes restaient peut-être à faire. Il prit l'ascenseur, imagina Layla près de lui, enveloppée dans sa fourrure, parfumée, capiteuse. Il la faisait passer devant lui, ouvrait la porte. Et après ?... Il enlevait son chapeau, son pardessus, pendant qu'elle allait dans la chambre où il la rejoignait, après un dernier verre. Elle s'enfermait dans la salle de bains tandis qu'il se déshabillait. S'il avait eu l'oreille plus fine, il aurait entendu le bruit de la douche. S'il avait levé les yeux, il l'aurait vue sortir du cabinet de toilette, une serviette autour des reins, les seins nus. Mais assis sur le lit, mains pendantes, dos voûté, il était désespérément seul, comme un prisonnier, et il avait beau se dire : « C'est ma femme », il s'efforçait d'écouter les pas de l'autre, légers, sur la moquette.

Et ensuite, comment faisait-elle l'amour ? Ça, c'était le secret de Dominique. Il retira son veston et ses souliers, desserra sa cravate, s'étendit sur le lit pour essayer de coudre ensemble, en un surprenant patchwork, tous les détails, tous les indices qu'il avait réunis. Il s'endormit, se réveilla une heure plus tard, en sursaut, acheva de se déshabiller et se glissa sous le couvre-pieds. Il ne voulait avoir aucun contact avec les draps. Harassé, il ne reprit connaissance que très tard, vers neuf heures et demie, et chercha en vain une pensée qui lui fût légère. Avant peu, il serait à son poste, dans son wagon. Mais il n'avait même plus envie de repartir. Il n'avait même pas envie de se laver, de manger, de faire les gestes de tous les jours. Il ne désirait qu'une chose : attendre... Attendre le retour de ce Loiseleur, qui finirait bien par se manifester. Et alors, sans colère, il lui demanderait comment il avait connu Layla, et comment elle était avec lui, coquette, sensuelle, amoureuse, enfin.

Ces mots, à mesure qu'ils se formaient dans son esprit, le déchiraient et il n'arrivait plus à comprendre comment il avait pu songer à divorcer. Lucienne, non, il ne l'aimait pas davantage. Mais Layla, oui... ce tourment, cette angoisse... Cela ressemblait à une espèce de passion absurde, monstrueuse. Passion pour une ombre que ni Dominique, ni Fred, ni lui-même ne ressaisiraient.

Il s'assit, bâilla, se gratta la tête, vit l'agenda en maroquin. Paresseusement, il alla le chercher et le feuilleta. Outre les croix qu'il n'avait pas eu de mal à interpréter, il y avait, de loin en loin, des chiffres : 8, 5, 8, 10... Cela ne signifiait rien pour lui. Il ouvrit une fenêtre. En bas, au fond d'une tranchée, s'allongeaient les deux voies du chemin de fer. Le temps s'était radouci et il pleuvait doucement, comme par mégarde. Chavane referma. Ce ciel gris lui brouillait le cœur. Maintenant, il avait hâte de s'éloigner. Vite, quelque part, le bruit familier d'un café, les croissants qu'on trempe, les clients accoudés, la vie sans problèmes !

Il fit une rapide toilette et s'en alla. Mais il y avait quelque chose dans la boîte aux lettres... une carte postale... le port d'Ajaccio, et, au verso, une ligne tracée avec un stylo qui bavait :

Excellent voyage. Te raconterai. Passerai vendredi matin.

Je t'embrasse.

Dominique

Chavane calcula aussitôt. Il disposait encore d'un jour de congé. Ensuite, le Mistral pendant deux jours. Oui, le vendredi matin, il pourrait être là pour accueillir Dominique.

Il remonta dans l'appartement, ruminant les termes de la carte. Ajaccio ! En décembre, ce n'était sûrement pas un voyage de tourisme. Peut-être Dominique était-il représentant de commerce ? Mais, dans ce cas, il ne dirait guère : Je te raconterai. Quel pouvait être son métier ? Il passa en revue toutes sortes d'occupations possibles et, tout à coup, le timbre de la porte d'entrée le fit sursauter. Ce n'était pas Loiseleur. Alors qui ?...

Bouleversé, Chavane, sur la pointe des pieds, alla coller son œil au petit viseur ménagé dans la porte et aperçut, bizarrement déformé par la convexité du verre, la silhouette d'un homme vêtu d'un pardessus à long poil. Il tenait son chapeau à la main, comme un solliciteur. Ce n'était sûrement pas Loiseleur. Chavane se décida et ouvrit. Déjà, l'inconnu faisait un mouvement pour entrer. Chavane l'arrêta.

— Qui êtes-vous ?

— Un ami de Layla. Et vous ?... Un ami aussi ?... Décidément, elle a du monde, ce matin.

Le ton, le mot, tout déplut à Chavane. Quelque chose l'avertit qu'il allait souffrir.

— Elle est absente, dit-il. Pour le moment, c'est moi le maître de la maison. Venez.

Il referma la porte derrière l'homme et le suivit dans le living. Le visiteur s'asseyait, très à l'aise, posait son chapeau sur la table, retirait ses gants. Il avait les cheveux coupés en brosse. Il était fort, lourd, sanguin ; la cinquantaine bien sonnée ; des poches sous les yeux, des joues comme des cuisses d'oie, les oreilles écarlates, les lèvres luisantes. Chavane sentit qu'il le détestait déjà, mais il se força à paraître aimable. Il lui servit son petit couplet ; l'aéroport, la rencontre avec Layla.

— Elle n'a pas voulu que j'aille à l'hôtel et m'a donné ses clefs. Je ne sais pas quand elle rentrera.

— Eh bien, vous lui direz que Patrice Mancelle est passé la voir. Mancelle... Vous vous rappellerez ? Je suis un vieux client.

Chavane sursauta.

— Un vieux client ? Comment ça ?

Mancelle, surpris, le dévisagea.

— Vous êtes resté longtemps, au Gabon ?

— Sept ans.

— Vous n'avez pris aucun congé ?

— Non.

— En somme, vous avez découvert Layla en arrivant. Je comprends. Et autrefois, bien entendu, elle a été votre maîtresse.

— Je voulais l'épouser.

— Une chance que vous ne l'ayez pas fait. Maintenant, elle est la maîtresse de beaucoup d'hommes.

Chavane était blême.

— Vous voulez dire que...

Mancelle sourit, bonhomme.

— Non... Elle ne fait pas le tapin. N'ayez pas peur.
Elle a trop de classe. C'est une dame, vous avez dû
vous en rendre compte. Mais, quand vous la reverrez,
elle ne se fera pas prier pour vous être agréable... très
agréable. Surtout qu'un colon comme vous doit avoir
de gros moyens... Hein ?

Clin d'œil. Sourire complice.

— En somme, dit Chavane, je n'ai qu'à donner un
coup de téléphone...

— Voilà.

— Une call-girl !

Mancelle remua les lèvres comme s'il goûtait un vin
inconnu.

— N...non, dit-il après réflexion. N...non. Ce n'est
pas exactement cela. D'abord, elle n'est pas assez
disponible. Elle ne dispose que de quelques jours par
semaine... Je n'ai jamais su pourquoi.

— Elle est peut-être mariée, dit Chavane, mécham-
ment.

— Non. Pas du tout. Elle est veuve.

— Comment ?

— Je vois qu'elle a oublié de vous envoyer un faire-
part. Elle a été mariée, autrefois, avec un vague petit

126

employé... c'est une période de sa vie dont elle n'aime pas parler.

— Mais comment en est-elle venue à... à ça ?

Mancelle offrit un étui à cigares à Chavane.

— Non ?... Vraiment ?... Je les reçois directement de Hollande. Ils sont supérieurs.

Il en alluma un, méticuleusement, poussa par le nez deux petits jets de fumée et reprit :

— Comment elle en est venue là ?... Elle ne m'a jamais fait de confidences, mais ce n'est pas difficile à deviner... Les temps sont durs, cher monsieur, et quand on est une jolie femme, quand on aime l'argent, il n'y a pas trente-six moyens de s'en sortir. Ce n'est nullement de la prostitution... même pas de la galanterie... c'est un placement comme un autre, en plus rentable. On devient son propre P.-D.G., si vous préférez.

Chavane, peu à peu, retrouvait juste assez de sang-froid pour ne pas passer pour un imbécile aux yeux de Mancelle.

— Je ne m'attendais pas à..., commença-t-il.

— Je me mets à votre place. Vous avez quitté une jeune fille et vous retrouvez une personne très, très à la page. La chose n'a pas de quoi surprendre, remarquez. Mais pour quelqu'un qui sort de la forêt vierge !...

Il rit et se leva.

— Je vous offre quelque chose ?

— Mais c'est à moi de...

— Laissez !... Pensez si je connais l'endroit ! J'ai

127

même ici ma bouteille personnelle de schiedam... Vous allez m'en dire des nouvelles.

Il était souple malgré sa taille épaisse. Il se faufila derrière le bar, remua des flacons variés, emplit, avec l'attention d'un droguiste mesurant au plus juste un produit dangereux, deux petits verres. Il avait une grosse chevalière qui brillait. Chavane, fasciné, dominé, le regardait. Il rêvait. Il en était sûr. Mancelle revint, portant avec précaution les deux verres pleins jusqu'au bord. Il en tendit un à Chavane.

— A la vôtre! Ça vous remettra. C'est du bon. Layla ne crachait pas dessus.

Chavane faillit s'étrangler. Lucienne qui détestait l'alcool!

— Excellent, murmura-t-il poliment. Où l'avez-vous rencontrée?

— Je ne m'en souviens plus... Attendez donc, c'est un ami de cercle, oui, c'est Mérigaux qui me l'a recommandée.

— Et c'est sans doute un autre ami qui l'avait recommandée, comme vous dites, à votre ami.

Mancelle posa son verre près de lui et s'essuya les lèvres avec une fine pochette.

— Je ne voudrais pas vous faire du mal, reprit-il. J'ai peut-être été brutal... Mais enfin, après si longtemps, je suppose que vous êtes guéri d'elle!

— Fichtre oui! s'écria Chavane.

— D'ailleurs, n'allez pas croire qu'elle a des amants à la douzaine. Je me garde bien de mettre le nez dans ses affaires, mais, telle que je la connais, je suis à peu près certain qu'elle s'est trié une petite clientèle qui...

Chavane l'interrompit.

— Vous parlez d'elle comme si elle n'aimait personne.

Mancelle recueillit dans le creux de la main un long rouleau de cendre qui allait tomber sur son pantalon d'un drap coûteux et le versa dans le cendrier.

— Vous savez, dit-il, dans son métier, le cœur est plutôt gênant. Mais il est bien possible qu'elle ait quelqu'un qu'elle préfère aux autres.

— Et ça vous est égal ?

— Attention, chez monsieur, vous allez devenir indiscret... Si j'ignorais d'où vous venez, je me dirais : « D'où sort-il ? » Mais je veux bien vous répondre. Ce que je demande à Layla, ce n'est pas du tout ce que vous croyez. J'ai connu des femmes plus douées qu'elle... Non, Layla, c'est le petit pied-à-terre merveilleusement confortable. Je me bats toute la journée avec mon téléphone, mes dossiers, les correspondants à l'étranger... L'exportation est un casse-tête... A la maison, mes deux fils me font la gueule et ma femme n'est jamais rentrée. Ici, c'est le repos. Je la prends sur mes genoux et je lui raconte n'importe quoi. Elle possède une vertu extraordinaire. Elle sait écouter.

Des images défilaient dans la tête de Chavane. Il revoyait Lucienne plongée dans ses romans. Il lui disait : « Où as-tu mis ma chemise... Ho ! Lucienne, tu m'écoutes ? » Elle poussait un petit grognement et tournait la page. Non. Il y avait des choses qu'il ne comprendrait jamais.

— La prochaine fois, continua Mancelle, je téléphonerai pour m'assurer que je peux venir. Rien ne presse... Quand vous aurez eu le temps de refaire connaissance.

Il souleva sa manche, découvrant un chronomètre en or.

— Sapristi! Déjà onze heures! Je file! J'ai eu plaisir à vous rencontrer, monsieur?... Monsieur?

— Mattei, dit Chavane.

Autant être prudent.

— Eh bien, cher monsieur Mattei, voulez-vous me faire plaisir?... Venez déjeuner avec moi. Si, si. Venez. Nous parlerons d'elle... A midi et demi, chez Raymond Oliver. Ce sera amusant. Je vous présenterais à un de mes amis, Fernand Aufroy. Un charmant garçon qui dirige un laboratoire d'analyses médicales.

— Je descends avec vous, dit Chavane.

Sur le trottoir, ils se serrèrent la main. Mancelle arrêta un taxi en maraude, fit encore un signe d'amitié par la portière.

« Le diable l'emporte! », pensa Chavane. Il releva le col de son pardessus. Il avait froid, surtout en dedans.

Quand Chavane le rejoignit au *Grand Vefour*, Mancelle buvait un apéritif avec un homme grisonnant qui paraissait nettement plus âgé que lui. Les présentations terminées, Chavane s'assit en face d'eux. Mancelle se pencha vers lui.

— Nous pouvons parler très librement, dit-il. Mon ami Aufroy est au courant, pour Layla.

— Ah! Lui aussi, il...

— Oui, intervint Aufroy, mais c'est fini depuis longtemps. Et si j'ai un bon conseil à vous donner, ne vous y frottez pas. Mancelle m'a raconté votre histoire, pendant que nous vous attendions. Vous seriez déçu.

— Tu exagères, dit Mancelle. Ce n'est pas parce qu'entre elle et toi ça n'a pas marché...

Et s'adressant à Chavane :

— Ce pauvre Aufroy a eu un petit coup de cœur pour elle.

— Jamais de la vie!

— Allons, sois franc! Il n'y a pas de mal à ça.

— Cette fille, dit Aufroy avec amertume, c'est l'égoïsme personnifié...

— Si nous mangions d'abord, proposa Mancelle.

Il étudia le menu, les sourcils froncés, comme un diplomate épluchant un traité. En aparté, Aufroy chuchuta :

— Vous venez du Gabon, d'après ce que j'ai appris. Le climat ne vous a pas gêné ?

— Non, répondit Chavane. Je vivais au grand air, dans la forêt.

— Vous faisiez de l'okoumé, je suppose ?

L'arrivée de Raymond Oliver dispensa Chavane de mentir plus longtemps. Poignées de main. On voyait que Mancelle était un habitué. Il y eut une discussion byzantine à propos du gratin d'écrevisses, puis Oliver proposa, de sa voix chaude qui promettait des merveilles, un cuissot de marcassin grand veneur qui fut aussitôt adopté. Le sommelier vint ensuite prendre la commande.

— Je te laisse le choix des armes, dit Mancelle à son ami.

— Ah ! Diable ! fit celui-ci. C'est ici que les Athéniens s'atteignirent.

Il avait pris une voix rieuse d'une pénible vulgarité. Chavane regardait ses mains, puis celles de Mancelle... Des mains qui avaient couru comme des bêtes sur la peau de Lucienne. Il aurait dû jeter sa serviette sur la table et s'en aller, mais une curiosité inavouable et brûlante le tenait immobile et comme enchaîné.

— Un petit traminer, pour commencer ? C'est une bonne petite chaose, dit Aufroy, avec un accent clownesque. Et vous, Mister Mattei ?

« S'il continue, je lui flanque ma main sur la figure », pensa Chavane. Il haussa les épaules.

— Comme vous voudrez, murmura-t-il, exaspéré par la bonne humeur de ses compagnons.

La commande fut enfin passée.

— Ce que tu reproches à cette petite, reprit Mancelle, c'est qu'elle est trop sérieuse.

— Exactement.

— Il te faudrait des courtisanes à la mode antique, qui jouent du luth à tes pieds.

Aufroy prit Chavane à témoin.

— Ce qu'il peut être bête, dit-il. Enfin, vous, cher monsieur, quand vous alliez voir vos négresses, ce n'était pas pour discuter du prix du bois. Layla, elle aurait voulu que je lui parle de mes affaires, comme si ça la regardait.

— Eh bien, moi, fit Mancelle, ça ne me déplaît pas. Et même, tu vois — écoutez ça, Mattei — il m'arrive de lui demander conseil. Parfaitement ! Elle a le sens du commerce.

— Il est complètement fada, s'écria Aufroy, en prenant, cette fois, l'accent marseillais.

Mancelle, sur le ton de la confidence, dit en se penchant vers Chavane.

— Nous serions curieux de savoir comment elle était, quand vous l'avez connue.

Chavane, horriblement embarrassé, réfléchit.

— Raisonnable, dit-il enfin.

— Ah! Tu vois, triompha Aufroy. Raisonnable! Une femme de tête. C'est bien ce que je lui reproche.

— Une femme de tête, reprit Mancelle; ça dépend. Ah oui, je vous jure que ça dépend des moments! Il rit d'un air gourmand et emplit le verre de Chavane.

— N'empêche que dans sa petite tête d'oiseau, continua-t-il, il y a bougrement de place pour les chiffres.

— Oh! Si tu vas par là, dit Aufroy, je sais ce qu'elle m'a coûté. Si je l'avais laissée faire, j'étais proprement ruiné.

Chavane, le vin aidant, ne savait plus très bien de qui on parlait. Il se rappela les millions, dans l'ours en peluche.

— Elle gagne beaucoup d'argent? demanda-t-il. Mancelle se composa un visage de conspirateur.

— Là, dit-il, vous mettez le doigt sur le mystère. Ce n'est pas qu'elle ait un train de vie extraordinaire, mais enfin elle a de belles choses, et les belles choses coûtent cher. Et pourtant, je suis sûr qu'elle reçoit très peu d'hommes. Alors, comment fait-elle? Car enfin, contrairement à ce que prétend ce farceur qui est assis à côté de moi, elle n'a jamais essayé de me plumer. Il m'est arrivé de calculer, oh, pas par jalousie, vous vous en doutez, mais parce que j'aime bien me rendre compte. En moyenne, elle est libre trois jours par semaine. Le matin, elle me reçoit, moi, mais c'est tout, car elle se lève tard; elle n'en finit plus de se bichonner; bref, cela nous mène à midi. Mettons que le reste de la journée elle ait deux ou trois visiteurs, pas plus, car elle déteste être bousculée, eh bien, faites le compte.

Chavane faisait le compte et ne pouvait plus avaler une bouchée.

— Elle est entretenue, dit Aufroy. Il y a forcément, dans la coulisse, quelqu'un qui crache. Quand elle disparaît, c'est qu'elle est avec lui. Moi, je vois, en province, une belle propriété... un jardinier... elle monte peut-être à cheval...

Chavane s'engoua, enfouit son visage dans sa serviette. Aufroy se leva pour lui taper dans le dos.

— Excusez-moi, murmura Chavane.

Il essuya ses yeux pleins de larmes. Le cuissot arriva sur un plat long, baignant dans une sauce épaisse comme du sang.

— *Beautiful!* s'écria Aufroy... Prenez-en davantage; cela va vous changer de la trompe d'éléphant et de la friture de serpent.

— Et maintenant, reprit Mancelle, qu'allez-vous faire? Avez-vous l'intention de vous remettre sur les rangs? Pour prendre votre revanche.

— Je ne sais pas encore.

— Vous avez liquidé votre affaire, ou bien êtes-vous en congé?

— J'ai liquidé.

— Expliquez-lui tout ça, dit Aufroy, la bouche pleine. Ouvrez-lui vos livres de comptes et elle vous ouvrira son cœur... Pas cochon, hein, ce marcassin !

Raymond Oliver s'arrêta devant eux et une longue conférence s'engagea sur la meilleure façon d'accommoder les viandes sauvages. Chavane, à la dérobée, regardait sa montre. Il en avait assez de cet odieux déjeuner et cependant il n'était pas encore rassasié de détails ignobles. Pendant tant d'années, il avait été privé de cette femme que les autres se disputaient, et il avait besoin, maintenant, de tout savoir sur elle, de devenir son familier, à défaut d'être son amant. Quand Raymond Oliver se fut éloigné, il posa la question qui le tourmentait depuis longtemps.

— Est-ce que ce n'est pas un métier dangereux ?... Car enfin, n'importe qui peut lui téléphoner. (Il se rappelait l'appel mystérieux.) Et si on la sait riche...

— Il y a des risques, admit Mancelle. Mais pas tellement à son niveau. Pourtant, vous me remettez quelque chose en mémoire. Elle a toujours pris de grandes précautions, par exemple, quand il nous arrivait de sortir ensemble. Elle observait autour d'elle, dans son miroir, par exemple, quand elle retouchait son maquillage. Je lui ai même dit, une fois : « De quoi as-tu peur ? » Naturellement, elle s'est moquée de moi.

Il se tut et Aufroy commença :

— A propos d'argent...

La conversation bifurqua vers la politique.

— Excusez-moi, dit Chavane. Un petit coup de fil, je reviens.

— Comme dessert ? lui lança Mancelle.

— Une glace et un café.

Il se rendit au téléphone et appela Ludovic.

— Parrain, veux-tu me remplacer, cet après-midi, à l'hôpital. J'ai des tas de courses à faire et ma présence là-bas n'est pas indispensable.

Impossible de dire à Ludovic qu'aujourd'hui il était au-dessus de ses forces d'aller voir Lucienne.

— Bien sûr, répondit Ludovic. J'ai tout mon temps.

Chavane raccrocha. Il ne voulait plus parler à personne. Il remonta.

— Un rendez-vous urgent, dit-il. Je suis obligé de vous quitter.

Il but d'un trait son café.

— Ce n'était pas Layla, par hasard ? suggéra Aufroy, avec un clin d'œil.

On apportait le vestiaire de Chavane.

— J'espère que nous nous reverrons, dit Mancelle. Si vous avez besoin de moi, vous me trouverez dans l'annuaire... Raymond Mancelle...

— Et n'oubliez pas, ajouta Aufroy. Nous lui faisons la bise.

Chavane s'enfuit. Il avait besoin de se réfugier chez lui, de fermer les volets, de ne plus penser à rien. Mais quand il fut arrivé dans cet appartement qui, soudain, lui parut étranger, une nausée le prit. Tout lui tournait sur le cœur, Aufroy, le marcassin, Lucienne, ses millions, ses amants... La sueur au front, il se laissa tomber sur le lit, et aussitôt les questions surgirent. Les points d'interrogation dansaient devant lui comme des cobras. Une espèce de sieste moite, coupée de soubresauts et de gémissements, le maintint entre veille et sommeil jusqu'au soir. Quand il émergea du brouillard, courbatu de corps et d'âme, une pensée laissa filtrer en lui un peu de lumière : « Après-demain, je serai loin ! Je me fous du reste ! »

Le surlendemain, dès qu'il fut en route, les clefs du wagon dans sa poche, il sentit que rien ne serait plus pareil. D'abord, il fallait répondre aux amis « Non, ça ne va pas plus mal... Oui, il y a de l'espoir », et ce serait ainsi pendant tout le voyage. Et puis il y avait encore autre chose qui se précisa quand, après la courte joie d'avoir retrouvé son équipe, il inspecta son domaine. Au fond, ça ne l'intéressait plus de partir. S'il en avait eu le pouvoir, il serait retourné tout de suite boulevard Pereire pour attendre quelque nouveau visiteur, pour aller jusqu'au fond du drame, pour tout savoir enfin de cette Layla dont les métamorphoses étaient autant de provocations. Et quand le train se mit en route, au plaisir de sentir monter dans ses jambes la trépidation moelleuse du départ, succéda un bizarre serrement de cœur, comme s'il laissait derrière lui, pour la première fois, une femme aimée, qui n'était pas Lucienne, qui n'était pas Layla, qui n'avait pas de nom et à laquelle, soudain, il tenait plus que tout. Et puis, peu à peu, les gestes familiers retrouvèrent leur sûreté. Il s'absorba dans le service avec, au fond du cœur, quelque chose d'embrumé qui ressemblait au paysage d'hiver défilant aux fenêtres.

Le médaillon de lotte Dugléré précédait le demi-coquelet américaine qui semblait avoir beaucoup de succès. Chavane devinait sans peine ce qui faisait plaisir à la clientèle. Cela se remarquait à des signes imperceptibles : les conversations s'animaient ; il y avait du sourire dans les yeux et l'on réclamait du pain. Les voyageurs étaient assez nombreux. Chavane, jusqu'à Marseille, n'eut guère le loisir de revenir à ses problèmes. Il y avait bien, de temps en temps, un nom qui passait rapidement dans son esprit comme, devant ses yeux, celui d'une gare aussitôt absorbé par la vitesse. Mancelle... Fred... Il réussissait à détourner son attention. Mais, à mesure que le Mistral se rapprochait de Nice, il prit peur, comme un drogué qui sent la crise imminente. Lui aussi était en état de manque. Il avait besoin, à nouveau, de ses phantasmes.

A peine le train arrêté, il s'acquitta de ses tâches habituelles, serra des mains... « Oui, il y a de l'espoir »... et, traversant l'esplanade, il se rendit chez *Barthélémy*. Un cognac... Deux cognacs... L'air était tiède ; on voyait, derrière la vitre, flâner des passants. Chavane se rappela que, la dernière fois, dans ce même café, il avait longuement pensé à son divorce.

C'était quand ?... Il essaya de compter les jours ; y renonça bientôt. C'était loin, dans un passé incalculable. Restait une certitude : s'il avait décidé de rompre, c'était bien qu'il avait flairé quelque chose d'anormal dans le comportement de Lucienne. Mais alors, si Lucienne s'ennuyait tellement auprès de lui, pourquoi n'avait-elle pas pris, la première, l'initiative de divorcer ? Car enfin, à y bien réfléchir, c'était cela la question des questions. Tout prouvait qu'elle aimait le luxe. Divorcée, libre, elle pouvait gagner deux fois plus. Et elle consentait, cependant, à regagner cet appartement médiocre, à y attendre cet homme médiocre, pour y mener, près de lui, cette existence étouffée. Le tableau, *Chez Milord,* les millions de l'ours en peluche, la reconnaissance de dette signée Léonie Rousseau, tout cela formait un puzzle incompréhensible mais la pièce centrale, celle qui permettait d'interpréter toutes les autres, c'était bien Lucienne elle-même. Lucienne chez elle. Lucienne traînant tout le jour, une cigarette aux lèvres et un livre à la main.

Si sa vie domestique était une corvée, pourquoi n'y mettait-elle pas fin ? Chavane s'était déjà interrogé là-dessus et il voyait clairement, maintenant, que les raisons qu'il s'était données ne résistaient pas à l'examen. Lucienne avait choisi. Elle avait accepté le risque d'être un jour découverte. La crainte que Ludovic lui inspirait n'avait pas suffi à la retenir.

Au-delà de ces réflexions, Chavane n'avançait plus qu'à tâtons. Aurait-elle accepté de divorcer, si la vérité avait éclaté ? Ou bien aurait-elle fait semblant de s'amender pour mieux l'endormir ? Mais pourquoi, Bon Dieu, pourquoi ?

Chavane, vaincu, alla se coucher. Autant il avait hâte, autrefois, de s'éloigner de Paris, autant il brûlait, maintenant, du désir de rentrer. Il dormit mal ; il arriva de bonne heure au wagon. Il avait oublié de donner ses deux vestes à la laverie, et se promit de les laver lui-même, dès son retour. Elles étaient à son image, froissées et sans éclat, mais il n'en éprouva aucun malaise. A cause de Layla, il se sentait maculé, sali au plus profond. Alors, l'apparence extérieure !...

Il se jeta dans son travail avec une sorte de fougue triste, comptant les heures aux arrêts. Il voyait, en imagination, comme sur une carte, le Mistral s'arrachant au Sud et s'élevant lentement vers le Nord. Encore un effort, et ce serait Paris, le boulevard Pereire, et, au bout d'une attente qui serait plus pénible que tout le reste, Dominique !

A onze heures, il arriva chez lui, vida sa mallette, prit pyjama et brosse à dents et se fit conduire en taxi boulevard Pereire. Rien dans la boîte aux lettres. La maison était profondément endormie. Il entra sans bruit, alluma partout, inspecta les pièces pour se les remettre en mémoire. Savoir si cet appartement n'était pas la propriété de Layla, en dépit de la plaque demeurée sur la boîte ? Pourquoi pas ? Il se débarrassa de son pardessus et de sa veste, s'assit et crayonna quelques chiffres sur l'agenda. Il se rappela les propos de Mancelle : « Faites le compte. » L'appartement, dans ce quartier, coûtait au bas mot six cent mille francs. Difficile d'évaluer ce que Layla gagnait par an, mais ça ne pouvait tout de même pas dépasser quatre-vingts ou cent mille... Or, elle ne pratiquait ce métier que depuis quelques années. Non, elle n'avait pas pu disposer de six cent mille francs. Elle n'était que locataire. Mais alors, elle avait signé un bail ? Et donc elle avait dû fournir ses papiers, son vrai nom. Aurait-elle osé aller jusque-là ? N'était-ce pas plutôt ce Loiseleur qui était à la fois son propriétaire et son amant ?

Il se promena un instant entre chambre et living. Peut-être se trompait-il du tout au tout ? Peut-être qu'une femme comme Layla gagnait infiniment plus qu'il ne pouvait l'imaginer. Il n'était qu'un pauvre type ne connaissant que par ouï-dire les coulisses de la vie. Fatigué, il se déshabilla. « Je ne suis qu'un pauvre bougre ! », pensait-il, en remuant ses doigts de pieds éprouvés par des heures de piétinement ininterrompu. Ce lit rond lui répugnait. Il se coucha avec méfiance. Une douche lui aurait fait du bien, mais il était trop las. Il fut happé par le sommeil et dormit comme une brute dix heures d'affilée.

Dès qu'il rouvrit les yeux, sa première pensée fut pour Dominique. Surtout pas de violence ! Après tout, ce Loiseleur ignorait peut-être que Layla avait un mari. Sans doute avait-elle dit à tous ceux qui la connaissaient qu'elle était veuve. Non. Il fallait seulement dévoiler la vérité à ce garçon, faire toute la vérité comme on nettoie une plaie infectée. Chavane ouvrit en grand les robinets de la baignoire et, pendant qu'elle se remplissait, il alla téléphoner à Ludovic.

— Comment va-t-elle ?

— Les médecins parlent d'un coma stabilisé. J'en ai vu trois, hier. Ils ne sont pas très loquaces, tu sais. J'ai l'impression qu'ils nagent un peu.

— Mais ça peut durer combien de temps ?

— Ça... mon pauvre Paul ! Je ne suis pas très optimistes. Et toi, tu n'as pas eu d'ennuis ?

— Non. Moi, ça ne compte pas... Je te verrai à l'hôpital après déjeuner. A tout à l'heure.

Il courut fermer les robinets, se déshabilla et se glissa dans le bain avec satisfaction, malgré son inquiétude. Un coma stabilisé, cela signifiait que Lucienne s'installait dans l'absence et si cet état se prolongeait, à chaque heure du jour il aurait sous les yeux le spectacle d'une Layla détruite mais figée dans son insolence. Il se savonna énergiquement, comme s'il avait voulu arracher les peaux mortes d'une ancienne brûlure.

Tout à coup, une voix appela, dans la pièce voisine :

— Layla ? Tu es là ?

Soudain hors d'état de bouger, Chavane entendit qu'on se rapprochait et la porte du cabinet de toilette fut poussée.

— Eh bien, pourquoi ne réponds-tu pas ?

La jeune femme qui se trouvait sur le seuil faillit

pousser un cri, quand elle aperçut, à travers la vapeur, le visage d'un inconnu.

— Qui êtes-vous ? dit-elle.

— Et vous ?

— Moi, je suis Dominique.

— Et moi... un ami de Layla.

Ils s'observaient avec méfiance.

— N'ayez pas peur, reprit Chavane.

— Je n'ai pas peur. J'en ai vu d'autres. Mais je voudrais bien savoir comment vous êtes entré.

— Layla m'a donné ses clefs.

— Comment m'avez-vous dit que vous vous appeliez ?

Chavane se rappela à temps le nom qu'il avait donné à Mancelle...

— Mattei... Georges Mattei.

— Et vous prétendez que vous êtes un ami de Layla ? Elle ne m'a jamais parlé de vous.

— C'est que j'étais au Gabon. Je viens juste de rentrer en France.

Elle l'examina sans paraître le moins du monde gênée par sa nudité.

— Vous n'êtes guère bronzé pour quelqu'un qui revient d'Afrique.

Elle retrouvait très rapidement son assurance et lui tendit un peignoir de bain.

— Sortez de là, dit-elle. Ce n'est pas la délicatesse qui vous étouffe. Quand vous êtes invité chez les gens, vous commencez par vous décrasser, si je comprends bien.

— Je vais vous expliquer.

— J'y compte bien et je dirai à Layla ce que je pense de vous. Allez! Sortez de là! Vous jouerez les vierges effarouchées une autre fois.

Il enjamba la baignoire en se tortillant et elle éclata d'un rire de gamine.

— Vous alors! Ce que vous êtes drôle!

Chavane, encore étourdi par la surprise, s'enveloppa dans le peignoir, et la suivit dans le living. Dominique Loiseleur! C'était elle! Tout son fragile château d'hypothèses s'écroulait. Une jolie femme, d'ailleurs. Habillée avec un goût parfait. Un peu trop fardée, peut-être. Elle s'activait derrière le bar, remuait des bouteilles. Elle était blonde, non pas d'un blond épais de Polonaise mais du blond léger, mousseux, des Scandinaves.

— Je crois qu'un petit remontant sera le bienvenu, dit-elle. Tomber comme ça, sur le Père Noël dans la baignoire, ça fiche un choc. Prenez ça.

Elle lui tendit un verre.

— Et puis asseyez-vous. Continuez à vous considérer comme chez vous pendant que vous y êtes. A la vôtre.

Elle but et ses yeux riaient, par-dessus son verre. Elle le reposa sur la table, croisa haut ses jambes un peu lourdes.

— Mattei? dit-elle. C'est bien ça?... Qu'est-ce

qu'on va s'amuser, quand je raconterai à Layla ce qui s'est passé... Quand l'avez-vous vue ?

— Hier soir, à l'aéroport.

— Comment ! Elle vous attendait ?

— Oui. Je lui avais écrit.

— Et elle ne m'en a rien dit. Elle devient de plus en plus cachottière. Vous la connaissez depuis long-temps ?

— Oh ! Ça fait bien sept ans... Je l'avais rencontrée chez des amis, un peu avant mon départ. On a dansé, et puis... Je n'ai pas besoin de vous faire un dessin. J'étais assez mordu. Je l'aurais bien emmenée, si elle avait voulu.

Dominique vida son verre pensivement.

— C'est étrange, dit-elle, cet effet qu'elle produit sur les hommes. Comment l'avez-vous trouvée, quand vous l'avez revue. Il ne vous est pas venu à l'idée qu'elle était un peu trop... vous savez...

— Non. Je ne saisis pas.

— Après sept ans, je suppose qu'elle n'est plus pour vous qu'une ancienne copine. Alors, on peut tout vous dire... Le métier que nous faisons... Vous avez compris... J'aime mieux vous prévenir tout de suite pour vous éviter à tous les deux des explications pénibles. Je vous choque ?... Soyez franc. Un peu. Je me mets à votre place. Vous arrivez d'une autre planète pour apprendre que la femme que vous n'aviez pas oubliée est une femme de mauvaise vie, comme disent les imbéciles... Ah ! Elle m'a donné du mal, ça je peux le dire. J'ai dû tout lui apprendre. Ce nom de Layla, c'est moi qui en ai eu l'idée, à cause de son visage. Ça veut dire : la Fille de la nuit. Avouez que ce n'était pas mal trouvé ! Sa mère était de sang berbère, vous ne le saviez pas ?... Et puis j'ai dû lui montrer comment s'habiller pour mettre son style en valeur. Je l'ai faite, quoi ! Vous ne m'en voulez pas ? Non... Vous êtes un amour. Un autre verre ?

Sans attendre, elle retourna au bar.

— Pourquoi vous a-t-elle donné ses clefs ?

— Pour m'éviter de descendre à l'hôtel... Comme elle-même prenait l'avion.

Dominique parut stupéfaite.

— L'avion ?... Pour aller où ?

— Je n'en sais rien.

— Quand doit-elle revenir ?

— Elle ne me l'a pas dit.

— Elle avait des bagages ?

— Je n'ai pas remarqué.

Dominique jeta des glaçons dans les verres.

— C'est vraiment un drôle de phénomène ! Je lui envoie une carte de Corse pour la prévenir de mon arrivée, et elle file sans tambour ni trompette.

— Vous habitez ici, avec elle ? hasarda Chavane.

— Non. Pas du tout. Je lui ai loué l'appartement tout meublé.

Elle sourit avec coquetterie.

— Il n'est pas mal, n'est-ce pas ? Tout est à moi, sauf les tableaux. Des cadeaux, vous pensez bien. Elle n'est pas fille à acheter de la peinture. Elle est bien trop près de ses sous. Mais parlez-moi de vous, qu'on fasse mieux connaissance.

— Oh, moi! dit Chavane. C'est sans intérêt.

— Enfin, quand même!... Vous êtes en congé?

— Non. Je rentre définitivement. J'ai quelques affaires en vue, par ici.

— C'est vrai que les colons gagnent encore beaucoup d'argent?

— Moins qu'avant.

— Bon! Je vois qu'il faut vous tirer les vers du nez. Vous êtes comme elle. Ah! Vous auriez fait un beau couple, tous les deux. Mais quand elle reviendra, vous ne pourrez pas continuer à habiter ici.

— J'irai à l'hôtel.

— Si vous avez beaucoup de pognon, elle consentira peut-être à vous épouser, maintenant.

Elle se renversa un peu en arrière pour rire à son aise, puis regarda l'heure et se leva.

— Je resterais bien faire la causette, dit-elle. Vous me plaisez. Vous n'êtes pas du genre beau gars mais vous avez quelque chose... On a envie de vous aider à traverser la rue, comme pour un aveugle. On se revoit?

— Oui, oui, bien sûr, dit Chavane précipitamment. Je suis devenu un sauvage, là-bas. J'ai grand besoin qu'on m'aide à me réadapter.

— Eh bien, on va y penser.

Elle se pencha vers lui et lui donna un léger baiser sur les lèvres. Il la saisit par le bras.

— Déjeunons ensemble, proposa-t-il.

— Eh là, comme vous y allez ! C'est vrai que vous êtes un véritable homme des bois.

— Où est-ce que je vous retrouve ?

— A la *Coquille d'Or*. C'est tout à l'entrée du boulevard des Batignolles. Mettons une heure. Vous verrez ; ce n'est pas mal. Layla y va souvent.

Elle agita la main et partit, laissant un sillage de parfum. Chavane entendit la porte se refermer. Il resta comme prostré dans son fauteuil. Des pensées, vagues comme celles d'un opéré qui reprend connaissance, défilaient dans son esprit. Dominique... Oui, c'était une femme !... Lucienne n'avait pas d'amant attitré... Depuis des jours, il poursuivait une ombre. En somme, d'un côté, le mystère était un peu moins épais. Lucienne avait tout simplement une double vie et gagnait beaucoup d'argent grâce à des clients riches et peu exigeants, comme Mancelle. Mais, d'un autre côté, le mystère devenait impénétrable, à cause de Fred, à cause des jouets dans l'armoire. Quel rapport avec la galanterie ?...

Il s'habilla distraitement ; l'incertitude lui grignotait la cervelle. A nouveau, il ouvrit l'armoire, sortit les jouets. Mais il avait beau les tourner et les retourner, il ne comprenait pas. Peut-être Dominique pourrait-elle lui expliquer ?... Autant il l'avait haïe quand il croyait qu'elle était un homme, autant il devait la considérer désormais comme sa seule alliée. Blonde, élégante, jolie, elle était même davantage. Elle était une autre Layla ; on avait envie de la prendre dans ses bras.

Il alluma une cigarette ; la fumée l'aidait à réfléchir. Ce qui était important, au fond, ce n'était pas que Layla fût ceci ou cela, mais pourquoi on l'aimait. Que lui avait-elle donc dérobé, qu'elle donnait aux autres ? Et ce qu'elle donnait aux autres, sans doute Dominique le possédait aussi. Il rêva un moment autour de cette idée, releva sa manche. Onze heures et demie. Il aurait le temps de passer à l'hôpital. Revoir Lucienne avant de rencontrer Dominique, c'était s'assurer contre... Il ne savait pas au juste contre quoi... Contre un danger, peut-être ?

A l'hôpital, tout le personnel de l'étage le connaissait. Il était le malheureux mari du « coma ». On lui souriait d'un air encourageant quand on le croisait. Marie-Ange, aidée d'une autre infirmière, achevait de talquer Lucienne.

— La pauvre petite, dit-elle, si on ne faisait pas ça, elle risquerait d'avoir des escarres.

— Voulez-vous que je vous aide ?

— Laissez, nous avons l'habitude. Et puis, elle ne pèse pas bien lourd. Elle a beaucoup maigri.

Elles remirent Lucienne sur le dos, boutonnèrent la chemise de nuit qui bâillait sur la poitrine flasque. Lucienne remua un peu les doigts puis ne bougea plus.

— Triste de voir en cet état une jeune femme qui a dû être très jolie, dit Marie-Ange. N'est-ce pas ?

150

— Oui, elle était jolie.

— Espérons que ça reviendra.

Des mots creux. Des consolations éculées. Il regarda le nez, qui s'était aminci, les joues qui paraissaient aspirées de l'intérieur, les paupières bistres, mauves, fardées par la maladie. Alors que Layla... Ou plutôt non, Dominique... Il se faisait, dans sa tête, comme un jeu de cache-cache entre les deux femmes. S'il devenait l'intime de Dominique, il serait du même coup l'intime de Layla.

« Tu m'y obliges », pensa-t-il, en s'asseyant au chevet de Lucienne. « A cause de toi, je sens que je vais là où je ne voudrais pourtant pas aller. »

C'était une découverte, pour lui, ce monde des filles auxquelles il suffit de téléphoner. Il l'imaginait, avant, d'une façon un peu bête ; il n'était cependant ni niais ni prude, mais il menait une vie trop sérieuse pour ne pas mépriser ces créatures juste bonnes à se monnayer. Leur monde était celui de la nuit... Layla... Et qu'adviendrait-il quand Layla ne répondrait plus à ses clients ?... Le mot torturait Chavane, mais il fallait bien envisager toutes les éventualités. Est-ce que Mancelle, ou Aufroy, ou quelque autre n'alerterait pas la police ? Et dans ce cas l'enquête remonterait peut-être jusqu'à lui. Alors, il devrait démissionner. Il rendrait ses galons, comme une espèce d'officier félon.

Un peu de sueur mouillait le front de Lucienne. Il l'essuya avec le coin de son mouchoir. Mais il n'y aurait pas d'enquête. Une fille qui disparaît; ça n'intéresse personne.

Personne sauf Dominique, qui attendrait vainement le loyer payé par Layla. Le danger ne tarderait pas à venir de ce côté-là.

— Tu vois, murmura Chavane, dans quelle situation tu me mets!

Il entendit des voix dans le couloir et reconnut celle du Dr Vinatier. Il sortit rapidement. Le docteur s'arrêta et dit à l'infirmière qui l'accompagnait.

— Je viens tout de suite. Prévenez-les.

Puis il serra la main de Chavane.

— Vous avez vu votre femme? C'est un cas très curieux mais malheureusement assez fréquent. Les ecchymoses ont disparu. La plaie à la tête est complètement cicatrisée. Tout rentre dans l'ordre sauf le cerveau. Nous allons la garder encore quelque temps et puis... et puis, on verra... Mais rien n'est perdu, je vous assure... Vous m'excuserez?

Il courut derrière l'infirmière. Chavane n'eut pas le courage de revenir dans la chambre. Il jeta un dernier coup d'œil, avant de refermer la porte. Lucienne, les yeux clos, le visage tragique, reposait. Si on lui avait joint les mains, on aurait pu la croire morte. Mais elle n'était pas morte, puisqu'il allait, d'une certaine manière, la retrouver au restaurant. Tant d'absurdité le démangeait comme une rougeole. Il suivit à pied le boulevard.

C'était un endroit qu'il n'aimait pas beaucoup, à

cause de ses sex-shops, de ses cinémas pornos, de sa faune inquiétante. Il était habitué à côtoyer des gens fortunés. Au fil des années, il avait acquis les mêmes préjugés qu'un concierge de palace et se sentait vaguement déplacé dans ce décor.

Mais le restaurant était situé dans la zone bourgeoise du quartier. Il fut accueilli par un maître d'hôtel un peu trop empressé, qui lui désigna une table dans un coin tranquille.

— J'attends quelqu'un.

— Bien, monsieur.

Layla venait là. Avec qui ? Quel était l'élu du jour ? Et pourquoi Chavane éprouvait-il cette bizarre impression d'angoisse ? Pour la chasser, il regarda autour de lui d'un œil critique ; cela faisait un peu trop temple du bien-manger, avec des têtes de sangliers comme des *ex-voto* et des appliques diffusant sur les nappes et les couverts une lumière distinguée. Comme son wagon-restaurant avait plus de chic, dans sa sobriété ! Il parcourut le menu. Très convenable, mais cher. Bien se mettre dans la tête que Layla, Dominique et leurs semblables sont habituées aux nourritures fines. Ne pas lésiner. Devenir un Monsieur peut-être vulgaire mais munificent.

Et soudain, elle fut là, vêtue d'astrakan, coiffée d'une toque, la gaieté aux yeux, comme Cendrillon arrivant au bal. La dame du vestiaire s'empressait ; le maître d'hôtel approchait un fauteuil. Elle prit place à

153

table, tourna la tête à droite et à gauche, en professionnelle qui compte au vol les regards masculins.

— N'est-ce pas qu'on est bien, ici?... Et puis on peut causer. Et nous en avons à nous dire!

Elle tira un miroir de son sac, examina son maquillage.

— Un apéritif? proposa Chavane.

— Bien sûr. Un porto.

— Deux portos, commanda-t-il. Vous ne m'avez pas encore dit où vous habitiez.

— Oh! Ce n'est pas la porte à côté. C'est rue Troyon. Le loyer est ruineux, mais j'ai un standing à défendre. Si ça vous fait plaisir, je vous montrerai l'endroit. Vous verrez, c'est un peu plus petit que chez Layla, mais c'est très agréable. En général, on aime...

Elle parlait sans la moindre gêne. Elle avait des yeux bleus, limpides, faciles à lire, au contraire des yeux noirs de Lucienne qui étaient des pièges à reflets.

— J'ai une faim de loup, déclara-t-elle. Pas vous?

Tout en elle était léger, gracieux, spontané. Il y avait du rire dans sa voix, comme il y a des bulles dans le champagne. Soudain, Chavane fut jaloux des hommes qui la fréquentaient. Pour rompre le charme, il s'écria :

— Si nous nous occupions un peu du menu... Voyons... Des huîtres, pour commencer?...

— Oh oui, dit-elle, les yeux brillants. Oui, des huîtres et du muscadet.

— Un poisson, ensuite?

Elle étudiait la liste des plats, ses sourcils peints rapprochés en un effort studieux.

— Vous savez ce que j'aimerais ? dit-elle enfin. Un tournedos bien saignant, avec des frites... Ça a l'air un peu bête, mais pourtant c'est bien sympa, non ?... Avec un beaujolais de l'année.

— Comme je vous comprends, dit Chavanne, dont les dernières méfiances fondaient rapidement.

Il donna ses instructions au maître d'hôtel et se pencha vers Dominique.

— Vous connaissez Layla depuis longtemps ?

Dominique lui donna une petite tape sur le dos de la main.

— J'espère que vous n'allez pas tout le temps me parler d'elle. J'existe, moi aussi.

— N'ayez pas peur.

Ils se turent pendant que le serveur plaçait entre eux, sur un support métallique, un vaste plateau garni de belons magnifiques.

— Qu'elles sont belles, dit Dominique. Georges, vous êtes chou, vous savez !

Chavanne tressaillit. Georges ! Il allait oublier. Georges Mattei, oui. Pas d'imprudence. Et ce serait bien agréable, en retour, de l'appeler « Dominique ».

Elle goba la première huître et reprit :

— Il me semble que nous nous connaissons depuis toujours, elle et moi. Nous avons été à l'école ensemble, en Algérie. Vous n'ignorez pas qu'elle est la fille d'un fermier des environs de Bône ?

— Elle est toujours restée très discrète avec moi. Mais je me rappelle vaguement qu'elle m'a parlé de cette ville, en effet.

— Son père avait épousé une Berbère, mais attention, une Berbère de grande famille, très belle. C'est de sa mère que Layla tient son genre de beauté. Il y en a qui aiment ça !

Chavanne sourit et emplit le verre de Dominique.

— Ça n'a pas l'air d'être votre type ?

— Oh non, pas du tout. Je n'ai jamais compris ce que les hommes lui trouvaient. Vous, par exemple ? Qu'est-ce qui vous a attiré ? Expliquez-moi.

Embarrassé, Chavane fit semblant de réfléchir.

— Ce qui m'a attiré ? Franchement, je ne sais pas. Son côté peut-être un peu... exotique.

— Exotique ! Me faites pas rigoler ! (Dommage qu'elle soit un peu vulgaire, pensa fugitivement Chavane.) On voit bien que vous ne l'avez jamais vue, le matin, à l'heure où nous sommes nature. Je vous assure bien qu'elle est comme les autres !

— Vous m'étonnez, Dominique. Je vous croyais plus indulgente. Layla est votre amie, pourtant.

— Oh ! Ça n'empêche pas.

Elle s'essuya les doigts et commenta :

— J'adore les huîtres mais regardez comme ça met les doigts... Je vous en prie, mon petit Georges, ne poussez pas sur le muscadet. Moi, je suis tout de suite paf.

Elle vida son verre, se toucha délicatement les joues.

— Ça commence à chauffer, dit-elle. Vous allez croire que je suis une poivrote.

— Prenez encore quelques huîtres, insista Chavane. Ça ne peut pas nuire à votre ligne.

— Elle n'est pas mal, ma ligne, pouffa Dominique. Elle vous plaît?... Je vois. Vous vous en foutez. Ce qui vous intéresse; c'est Layla. Qu'est-ce que je vous disais? Ah oui. Son père était riche. S'il n'y avait pas eu ce massacre, Layla aurait été un beau parti. Mais elle a été recueillie par un bonhomme qui l'a ramenée en France. Et alors là, je vais bien vous épater. Elle s'est mariée. Ça, vous ne le saviez pas, hein? Un mariage un peu minable, à ce que j'ai cru comprendre, car c'était un sujet qu'elle évitait. Le type est mort quelque temps après. Bon débarras!

— Oui, fit Chavane, ulcéré. Bon débarras... Mais vous? J'aimerais aussi que vous me parliez de vous.

Il s'interrompit pendant qu'on desservait et qu'on apportait les rince-doigts. Dominique alluma une Gauloise et s'excusa.

— Je ne devrais pas fumer. Ça gâte le goût et ça déclasse. Mais avec vous, c'est drôle, je ne me gêne pas.

Les tournedos arrivèrent et Chavane commanda une salade verte. Dominique entrouvrit son cube de viande avec gourmandise, en regarda l'intérieur saignant et murmura, d'un air recueilli :

— C'est d'un tendre! On le couperait à la fourchette.

Le maître d'hôtel emplit les verres de beaujolais.

— Je me régale, reprit Dominique. Tu permets, Georges, que je te tutoie? Est-ce bien utile que je parle de moi?

— Indispensable.

— Eh bien, nous sommes revenus en France, moi et mes parents, après les événements que tu sais. Il y a eu des années pas drôles... Et puis, je suis montée à Paris... et là... Qu'est-ce que tu veux que fasse une fille qui n'a pas un sou? J'ai commencé petit et ça a plus d'une fois failli mal tourner. Pour devenir indépendante, mon petit vieux, je te jure que c'est dur... Mais je ne sais pas pourquoi je te raconte tout ça. Je pense que tu as dû en baver, toi aussi, au Gabon.

— Et vous avez retrouvé Layla?

— Oui, par hasard. Aux *Trois Quartiers*. Elle achetait des gants. Moi aussi. On était côte à côte, comme ça, sans l'avoir voulu. C'est quand même drôle, la vie! Et puis voilà qu'on se regarde!... Elle avait l'air un peu paumée. Je l'emmène chez moi. On bavarde. C'est là que j'ai appris qu'elle s'était mariée et qu'elle était veuve. On voyait bien qu'elle ne roulait pas sur l'or. Je lui ai dit : « Fais comme moi. Tu verras, une fois qu'on a sauté le pas... »

— Et elle l'a sauté?

— Oh! Pas tout de suite. Elle avait peur du type qui l'avait recueillie et adoptée... Mais enfin, elle s'y est mise. Je connaissais pas mal de monde. Je l'ai présentée.

— C'était généreux, dit Chavane, d'une voix qui tremblait un peu.

— Il faut bien qu'on s'aide, dit Dominique. Mais après, elle m'a épatée. Et tu sais pourquoi ? En général, les types qui ont besoin de nous, je ne parle pas de ceux qui veulent seulement rigoler, mais des autres, ceux qui ont le bourdon, eh bien, ceux-là, ils sont comme des gosses qu'il faut consoler. Elle, c'était le contraire. Je ne m'explique pas très bien : tout ça, c'est un peu tordu... mais tu me comprends, elle était la fille qui a eu des malheurs... elle se rendait intéressante. Ça lui a permis de se faire une clientèle de vieux qui pourraient être son père.

— Ils lui rendent goût à la vie ? dit Chavane.

— C'est ça. Fallait y penser, tu avoueras.

— Mais c'est peut-être vrai qu'elle a eu des malheurs ? Je ne parle pas de son enfance, mais après ?... Si elle a été mal mariée ?

Dominique, qui allait boire, retint son geste et parut réfléchir.

— Oui, dit-elle, oui... Elle a peut-être voulu prendre sa revanche.

Encore un mot qui s'enfonçait en pleine chair. Chavane se tut. Le garçon apporta la salade et Dominique entreprit de la servir.

— Permettez ! fit Chavane.

Machinalement, il saisit cuiller et fourchette, d'une seule main, la cuiller en dessous, et pinça adroitement les feuilles de laitue.

159

— Bravo, fit Dominique. On jurerait que tu as fait ça toute ta vie.

Il rougit.

— J'ai fait un peu de tout, murmura-t-il. Mais pour en revenir à Layla, elle gagne beaucoup d'argent?

— C'est ça le plus fort, s'écria-t-elle. Je sais qu'elle rencontre très peu de monde et en plus elle n'est pas là la moitié du temps... Où va-t-elle? Mystère. Toujours est-il qu'elle a de gros moyens. Moi, je me crève pour joindre les deux bouts... D'accord, c'est une façon de parler, mais enfin je me donne du mal. Et Madame, mine de rien, s'en met plein les poches.

Chavane lui saisit le poignet.

— De vous à moi, Dominique... Vous ne l'aimez pas beaucoup?

Elle s'efforça de sourire et tendit son verre.

— Encore un peu.

— Vous ne répondez pas.

— Qu'est-ce que ça peut faire que je l'aime ou pas. Non, je ne l'aime pas, puisque tu veux savoir. Pas jalouse, non. Agacée plutôt. Elle est comme une fourmi chez les cigales, si tu vois ça. Une femme qui amasserait, qui amasserait, sans jamais se mettre à table.

Elle eut un accès de rire et enfouit son visage dans sa serviette.

— Je suis saoule, balbutia-t-elle. Qu'est-ce que je raconte?

Elle s'essuya les yeux et changea de ton.

— Ça suffit, maintenant. Assez causé de Layla.

— Une glace ? proposa Chavane.

— Volontiers.

— Alors, deux glaces !

— Est-ce que tu vas l'attendre ? reprit aussitôt Dominique.

— Qui ?

— Layla, pardi. Elle ne peut pas tarder à revenir... Mais je te préviens, mon petit Georges. Si tu ne te méfies pas ; elle te coûtera cher.

Chavane revit en éclair la chambre à l'hôpital, les fioles suspendues au-dessus du lit, et ses yeux descendirent le long des tuyaux jusqu'au visage figé.

— Tu sais, fit Dominique, le passé, c'est comme un chat. Quand on le réveille, il griffe. Laisse-la tomber. Crois-moi.

— Vous avez peut-être raison.

Il demanda l'addition pendant que Dominique se remaquillait.

— Deux heures et demie, dit-elle, en grimaçant autour de son bâton de rouge. J'ai un rendez-vous à quatre heures et demie. Nous avons le temps.

— Le temps de quoi ? demanda Chavane.

— De passer chez moi. Je voudrais te montrer où j'habite, parce que j'espère que tu viendras, quelquefois, prendre un verre. Tu dois te sentir très seul.

— Très.

— Pauvre chou. Allez, je t'emmène.

— Vous ne voulez pas un café ?

— Chez moi.

Ils se levèrent et on s'empressa autour d'eux. Dehors, Dominique passa son bras sous celui de Chavane.

— La tête me tourne, murmura-t-elle. Mais je suis bien. Il y a une station de taxis, tout près.

Chavane était troublé de sentir la main gantée de la jeune femme dans la chaleur de son aisselle. Lucienne, quand ils sortaient ensemble, marchait toujours un peu à l'écart. Et c'était lui, quand la foule encombrait le trottoir, qui lui donnait le bras. Il y avait encore un taxi à la station.

— Rue Troyon, dit Dominique.

Elle se blottit contre Chavane.

— L'appartement est à moi, dit-elle. Comme celui du boulevard Pereire. On m'a conseillé de placer mon argent dans la pierre. C'est bien joli, mais j'ai dû emprunter et j'ai à payer des intérêts ruineux. Telle que tu me vois, je traverse des moments difficiles.

Chavane fit semblant de ne pas comprendre.

— Qu'est-ce que c'est que ce rendez-vous de quatre heures et demie ? demanda-t-il.

— Oh, rien de bien important. Un jeune imbécile qui m'apporte des fleurs et me fait des déclarations idiotes. Ce qu'on peut être bête, à cet âge-là ! J'imagine que tu devais être comme ça, avant de partir au Gabon.

— Merci !

— L'amour ! Il faut avoir du temps à perdre !

Elle s'écarta de Chavane et garda le silence, comme

162

si des pensées pénibles venaient l'importuner. Le taxi s'arrêta. Ils descendirent et Chavane paya le chauffeur.

— C'est là, dit Dominique. Au deuxième étage. On a vue sur l'avenue Mac-Mahon. Je vais te montrer.

Dans l'ascenseur, elle caressa du bout des doigts la paroi dont la couleur ressemblait à celle d'un coffre-fort.

— C'est tout neuf. J'ai quand même fait une bonne affaire. C'est au bout du couloir.

Elle ouvrit la porte et alluma l'applique du vestibule puis le prit par la main et le conduisit de pièce en pièce.

— C'est tout petit, mais c'est bien disposé. Et j'ai une petite terrasse. Il fait trop froid pour qu'on sorte, mais, à la belle saison, tu ne peux pas t'imaginer comme c'est agréable... Enlève ton pardessus.

Elle souleva un rideau. Chavane s'approcha et découvrit l'avenue, sous un ciel bas qui plombait les toits. Par endroits, il y avait encore de minces filets de neige.

— Je vais nous faire du café, proposa Dominique.

— Non, dit Chavane. Excusez-moi, mais j'ai moi-même un rendez-vous.

Il devait retourner à l'hôpital. Il devait, en quelque sorte, se justifier, devant Lucienne.

Dominique lui entoura le cou de ses bras.

— On ne va tout de même pas se quitter comme ça, mon petit Georges !

A partir de ce moment-là, Chavane perdit la notion du temps. Il avait l'impression de vivre dans une bulle, d'être sans cesse ailleurs, avec Dominique. Chaque départ lui était une souffrance, chaque retour à Paris, une joie. A peine rentré chez lui, il sautait sur le téléphone, laissait sonner très longtemps, se répétant : « Elle va arriver. Elle ne peut pas être bien loin. » Et quand, là-bas, le téléphone était décroché, enfin se desserrait l'invisible main qui l'étranglait. « Allô, Dominique... Je voulais te dire un petit bonsoir... Non, il n'y a rien de neuf. Non, je n'ai rien trouvé qui me plaise. J'aimerais assez la Bretagne... » Il lui avait fait croire qu'il cherchait à acheter une petite propriété pour placer convenablement son argent, ce qui l'obligeait à se déplacer beaucoup, parce qu'il se méfiait des petites annonces, souvent trompeuses. Mais parfois, Dominique ne répondait pas, ou bien, ce qui était pire, elle lui disait :

— Ce soir, je ne peux pas.

Il ne pouvait s'empêcher de plaquer violemment

l'appareil sur sa fourche. Il marchait avec rage dans le salon, avait envie de donner des coups de pied dans les chaises. Il étouffait. Et puis il se laissait aller dans le fauteuil et là, il se tuait de visions insoutenables. Dominique dans les bras de quelque Aufroy libidineux ; Dominique pâmée, car il savait, maintenant, ce dont elle était capable ; et il savait aussi qu'il n'avait jamais rien connu de semblable. C'était comme un mal qui lui courait dans le sang et parfois l'aveuglait de larmes. Il se parlait à lui-même. « Ce n'est pas possible. Ça va forcément passer. Je suis trop con, à la fin. On ne tombe plus amoureux à mon âge ! »

Et alors, il s'interrogeait interminablement, poil après poil, comme un singe à l'épouillage. Est-ce qu'il aimait vraiment Dominique ? Il aurait donc suffi d'une première étreinte réussie ?... Et tout de suite après, le coup de sang, la passion en rafale ?... Les choses ne devaient pas être aussi simples. S'il n'y avait pas eu Layla, Dominique ne l'aurait sans doute jamais intéressé. Dominique n'était qu'une intermédiaire, une interprète. Et comme Layla était à lui, Dominique aussi lui appartenait... Il commençait à s'embrouiller dans des pensées bizarres. Il se voyait jouant à colin-maillard avec des ombres qui lui échappaient en se moquant... Dominique... Layla... Lucienne... Il les aimait toutes les trois et il les haïssait tour à tour. Les jours défilaient devant lui comme ces stations giflées par le rapide et qui se perdaient dans la nuit avec leurs chariots, leurs lumières, leurs quais déserts. De temps en temps, il rencontrait Ludovic à l'hôpital. Un peu avant Noël, l'oncle lui dit :

— Tu sais, mon petit, tu m'inquiètes. Tu as une mine à faire peur. Je ne pensais pas — mais ne prends pas cela en mauvaise part — je ne pensais pas que tu l'aimais autant. Qu'est-ce que tu veux ? Il faut bien se résigner. Elle ne sera jamais plus comme avant.

Chavane faillit hausser les épaules. Rien n'était plus comme avant ! Rien ni personne. A commencer par lui.

— Le docteur m'a laissé entendre, continuait Ludovic, que nous pourrions bientôt la prendre avec nous, à condition, bien entendu, que nous soyons aidés par une infirmière pour les perfusions.

Chavane l'écoutait distraitement. Il s'adressait en silence à sa femme. « Je ne te trompe pas, Lucienne... Comprends-moi. En un sens, c'est après toi que je cours... Dominique... Tu te rappelles ? C'est ton amie... Elle est ce que tu étais... Et moi, je ne suis, pour elle comme pour toi, qu'un homme parmi les autres... » Et parce qu'il venait de prononcer le nom de Dominique, le désir l'empoignait aux entrailles de la revoir sur-le-champ. Il quittait précipitamment Ludovic, après un dernier regard à l'étrange créature aux yeux clos. Il sautait dans un taxi et se faisait conduire rue Troyon. Et là, comme un démarcheur que rien ne rebute, il attendait. Quand la porte s'ouvrait, il serrait Dominique contre lui. En vain essayait-il de cacher son émotion.

— Je suis monté à pied, expliquait-il, en cherchant son souffle.

— Mon pauvre Georges ! Tu es aussi fou que les autres.

Elle l'entraînait dans le living, lui offrait une tasse de café, quelle que fût l'heure. Elle l'examinait de la tête aux pieds.

— Où as-tu déniché cette cravate ? Tu as l'air de sortir de ta cambrousse ! Et pourquoi es-tu toujours en sombre ? Ça fait croque-mort. Tu veux bien que je m'occupe de toi ?... Oui, j'ai compris. Plus tard !... Pour le moment, ce n'est pas ça que tu veux. Allons, viens !

Elle entrait dans la chambre la première...

Mais, souvent, la porte ne s'ouvrait pas. Chavane approchait son visage de l'œilleton percé dans le bois. Peut-être était-elle là, l'observant mais refusant d'ouvrir, parce qu'elle n'était pas seule. Il imaginait le veston jeté sur une chaise, le pantalon par-dessus, les souliers au pied du lit... Il serrait les poings, grognait des injures, puis appuyait son front contre la porte. « Layla, balbutiait-il, tu n'as pas le droit. » Enfin, il s'éloignait, parfois revenait sur ses pas et sonnait encore. Elle n'avait peut-être pas entendu ?

Un jour, étourdiment, il entra, boulevard Pereire, pensant qu'elle était peut-être revenue. Qui ?... Eh bien, Layla. « Je deviens complètement cinglé, songea-t-il. Layla, pauvre abruti, tu sais bien où elle est ! » Cependant, il regarda dans la boîte aux lettres. Elle était vide, mais aurait pu contenir un mot de Fred. Celui-là, se promit-il, j'aurais intérêt à le retrouver.

Les fêtes du Nouvel An passèrent, comme ces bouquets de lumière qui fuyaient le long du Mistral. Dominique commença à s'inquiéter.

— Il faudrait peut-être tout de même prévenir la police. Cette absence n'est pas normale. Je sais bien. Layla avait ses petits secrets. Mais, si elle avait eu l'intention de faire un vrai voyage, elle m'aurait prévenue.

— Tu la voyais souvent?

— Souvent, non. Dans ce métier, c'est chacun pour soi. Je la rencontrais quand même tous les huit ou dix jours, ou bien on se téléphonait. Il lui est peut-être arrivé quelque chose. Je ne plaisante pas, mon petit Georges. Il suffit qu'on tombe sur un bonhomme un peu dingue et on se retrouve étranglée aussi sec.

— Tu as été menacée, autrefois?

— Oui, au début. Depuis, j'ai appris à me méfier. Layla aussi était prudente, mais qu'est-ce qu'elle n'aurait pas fait pour de l'argent? D'un autre côté, ce n'est pas mon genre d'aller à la police. Mais toi, oui, tu le pourrais... Tu tenais à Layla, oui ou non?

— Bien sûr... Mais je ne veux pas me mêler de ses affaires.

Ces propos et d'autres, Chavane les ruminait, à longueur de voyage. Il se rappelait par le menu leurs conversations. Il se rappelait aussi la reconnaissance de dette découverte dans l'ours en peluche. C'était

peut-être à cause d'elle que Lucienne avait été atta-
quée ? Tout en servant ses clients, il refaisait le tour de
ses soupçons. Puis, malgré lui, ses pensées s'égaraient
sur Dominique. Dès qu'il était loin d'elle, il jugeait la
situation froidement. Elle était sans issue. Que pouvait-il attendre de Dominique ? Ce qu'il désirait,
c'était l'avoir toute à lui, elle qui était justement la
femme de tout le monde. Il l'avait en location, le temps
d'une sortie, par-ci, par-là. Elle lui accordait sa bonne
humeur, ses réflexions pleines de drôlerie, et des
mouvements d'amitié qui ressemblaient, parfois, à des
élans d'amour. Cela faisait partie du contrat. En
contrepartie, il payait et même payait cher. Avec
l'argent de Layla. C'était Layla qui lui offrait ses tête-
à-tête avec Dominique. Et quand l'argent serait
épuisé, Dominique l'enverrait promener, et alors...

Il ignorait ce qui se passerait, mais il se sentait prêt
à tous les excès. Le bonhomme un peu dingue, dont lui
avait parlé Dominique, ce serait peut-être lui ! Depuis
l'accident de Lucienne, les événements s'étaient noués
de telle sorte qu'il était pris dans un réseau de liens que
rien ne pouvait plus desserrer. Il ne lui restait plus que
la dérisoire faculté d'assister à sa propre déchéance. Le
mot n'était pas trop fort. C'était bien une pente qu'il
descendait. Tout ce qu'il faisait était moche. Autrefois,
il était une espèce d'officier de bouche. Maintenant, il
se conduisait en margoulin. Son équipe, d'ailleurs, se
doutait de quelque chose. On lui montrait toujours la
même confiance, mais il savait qu'on chuchotait

derrière son dos. Heureusement, le wagon-restaurant connaissait l'affluence des grands jours, à cause des vacances de neige, des congrès sur la Côte d'Azur. Chavane s'absorbait dans son travail, un sourire commercial accroché aux lèvres. Vivement Paris ! L'appartement aurait eu besoin d'être nettoyé. Il y faisait, de temps en temps, une hâtive popote, lavait son linge, ses vestes blanches, à la sauvette, et filait retrouver Dominique.

— Tu deviens fatigant, lui dit-elle, un soir.

— Tu ne veux pas que je reste ?

— Non, figure-toi. J'ai envie d'être seule chez moi.

— Je t'ennuie ?

— Voilà. Tu m'ennuies. Allons, ne fais pas cette tête-là. Nous sommes de bons copains, n'est-ce pas ? Ça devrait te suffire. Qu'est-ce que tu veux de plus ?

Et soudain elle éclata.

— Je voyais venir ce moment. Tu ne peux donc pas te mettre dans la tête que je ne suis la propriété de personne ? Allez ! Du balai ! Tu repasseras demain.

— Fais attention !

— Quoi ? Fais attention ? Mais tu me prends pour ta femme, ma parole ?

Elle alla ouvrir la porte du vestibule.

— Dominique !

— Il n'y a pas de Dominique. Adresse-toi à Layla. Après tout, c'est ton affaire.

Il prit son chapeau, s'arrêta sur le seuil.

— Tu me chasses ?

— Mais non, idiot. Je te prie simplement de me laisser respirer. C'est pourtant pas difficile à comprendre.

— Je pourrai revenir ?

— Ah, la barbe !

Elle le poussa dehors. Il marcha sous la pluie vers l'Arc de Triomphe. Il était étourdi de chagrin et de colère. Il entra dans un café et téléphona à Ludovic.

— Excuse-moi, parrain. J'aurais dû t'appeler plus tôt, mais le train a eu beaucoup de retard. Est-ce qu'il y a du neuf ?

— Oui. Ils ont besoin de la chambre de Lucienne. Il va falloir que nous prenions une décision. Pour moi, le plus simple, c'est ce que je t'ai proposé. Le médecin pense aussi que c'est la meilleure solution. Ils ont tout essayé. Alors, maintenant, il n'y a plus à hésiter. Ne te fais pas de souci. Je suis là.

— Merci, parrain. Mais ce coma, comment risquet-il d'évoluer ?

— Qui peut savoir ?... D'après Marie-Ange, le cerveau de Lucienne est mort. Tu la connais, Marie-Ange ! Elle ne s'embarrasse pas de faux-fuyants. Si tu pouvais nous trouver une femme de ménage dévouée ? En demandant aux commerçants ?... Moi, je m'occuperai de l'infirmière, ou plutôt des deux infirmières, car il nous en faudra une aussi pour la nuit. Ça nous coûtera cher, mais qu'est-ce que tu veux ?... Pour quelques semaines ou quelques mois, il n'y a pas à hésiter. Elle est condamnée, la pauvre petite. Et tu vois, je souhaite qu'elle s'en aille vite. Ça vaudrait mieux pour elle et pour nous.

Chavane, coincé dans l'étroite cabine, regardait, la tête un peu perdue, les graffiti sur le mur, autour du téléphone. Lucienne à la maison, il serait difficile de sortir librement. Ludovic poserait des questions. C'en serait fini de Dominique.

— Quand devrons-nous emmener Lucienne ? demanda-t-il.

— Le plus tôt possible.

— Ça veut dire quoi ?

— La fin de la semaine.

— On ne pourrait pas attendre encore un peu ? Je roule, moi, pendant ce week-end.

— Si tu es d'accord, tu n'auras à t'occuper de rien. Décide.

Lucienne à la maison ! L'hôpital à domicile ! Une infirmière sans cesse dans les jambes ! Sans parler de Ludovic ! Pas même moyen de téléphoner sans être entendu ! « Mais qu'est-ce que je leur ai fait, Bon Dieu ! », pensa-t-il.

— Allô, dit Ludovic. Tu m'entends ?

— Oui, oui. Je réfléchissais. Bon ! C'est d'accord. On n'a pas le choix !

Il raccrocha et but un cognac avant de partir. Dehors la nuit avait goût de malheur.

Le transfert eut lieu le samedi, alors que Chavane servait la bouquetière de légumes, du côté de Sens. A son retour, il trouva la maison transformée. Il y avait un lit cage dans le salon. C'est là qu'il dormirait, quand il serait de repos, pendant que Ludovic resterait chez lui. Et quand il serait de service, Ludovic le remplacerait. Le meilleur fauteuil avait pris place dans la chambre, pour la garde, et Ludovic s'était procuré une table qui servait de table à tout faire, auprès de Lucienne. Celle-ci était toujours aussi affreusement immobile, le visage aussi blanc que l'oreiller. Il n'y avait plus qu'une bouteille suspendue à la potence qui, dans le décor familier de la chambre, prenait une signification sinistre.

— Elle se vide en quatre heures, expliqua Ludovic. Après, on la change. J'ai tout consigné sur un cahier, là. Le docteur a bien précisé tous les détails ; d'ailleurs, c'est l'infirmière qui se charge de tout.

— Où est-elle ?

— A la pharmacie. Elle s'appelle Françoise. Tu verras, elle est très bien. C'est elle qui doit nous amener une collègue pour la nuit. Mais rassure-toi ; il n'est pas nécessaire de ne jamais perdre Lucienne de vue. Quand les soins d'hygiène sont terminés, il suffit de jeter un coup d'œil de temps en temps et de remplir la bouteille.

Ludovic saisit Chavane par le bras et l'entraîna un peu à l'écart.

— Entre nous, dit-il à voix basse, bien sûr, nous prendrons toutes nos précautions, mais qu'on la soigne

173

ou non, le résultat sera le même. Ce qui est là, ce n'est plus Lucienne. Pauvre petite!... Je te laisse, Paul.

Et Chavane fut seul, au pied du lit, regardant sa femme endormie. On avait retiré depuis longtemps le pansement qui lui couvrait le front. Les cheveux repoussaient. Ils n'étaient pas tout à fait de la même couleur que les autres, moins noirs et plus indociles. Il n'y avait qu'eux de vivants, sur cette tête semblable à un moulage. Le visage avait maintenant quelque chose d'un peu enfantin et de boudeur à la fois, comme si Lucienne s'était retirée de ce monde pour se réfugier ailleurs, en un endroit connu d'elle seule, où il y avait des jouets et des ours en peluche. Et maintenant, c'était elle, par sa seule présence, qui allait le surveiller, être témoin de ses sorties nocturnes et de ses retours honteux. Comment pourrait-il, après avoir fait la paix avec Dominique, et s'arrachant à peine de ses bras, paraître devant Lucienne, lui toucher la main et, peut-être, sous l'œil attentif de la garde, lui donner un baiser sur le front? Comment pourrait-il cesser, devant l'une, de penser à l'autre? Ici, il souhaiterait rompre avec Dominique, et là-bas, il désirerait de toutes ses forces la mort de Lucienne. Et quand il les aurait perdues toutes les deux — ce qui arriverait forcément un jour — il continuerait à vivre avec le fantôme de Layla qui lui parlerait à l'oreille, tantôt avec le langage de l'une, tantôt avec les mots de l'autre. Alors? Irait-il courir la gueuse, avec des femmes de rencontre, pour retrouver son rêve? Il comprit que l'appartement du

174

boulevard Pereire allait lui servir de refuge, quand il ne pourrait plus se supporter dans cette chambre.

Trois jours plus tard, il y passa la nuit, après avoir téléphoné à Dominique.

— On peut se voir ?

— Pas ce soir, mon chou. Je suis désolée.

— Demain soir ?

— Impossible. Je suis avec un Argentin très exigeant, mais beau garçon, agréable et tout. Je voudrais que tu le voies.

— Salope ! fit Chavane entre ses dents serrées.

D'un coup sec, il coupa la communication. A sept heures, le lendemain matin, il regagna son domicile. L'infirmière de nuit le regarda avec réprobation mais ne fit aucune réflexion.

— Rien à signaler ?

— Non. Rien.

Il entra dans la chambre, s'approcha du lit. Il se sentait furieux et déchiré.

— J'ai couché chez toi, murmura-t-il, comme si elle avait été capable de l'entendre. Et j'y retournerai. Et ce n'est pas toi qui m'en empêcheras !

Mais quand il fut obligé, deux heures plus tard, d'aider Françoise à laver Lucienne, devant ce corps décharné qui s'abandonnait mollement, comme celui d'une poupée de chiffon, il sentit qu'il allait pleurer. Sur qui ? Il ne savait pas. Il aurait voulu être seul, et ne plus entendre les commentaires doucereux de Françoise. « Si jeune !... Quelle fatalité !... On est vraiment peu de chose ! »

— Ta gueule, vieille bique ! hurlait silencieusement Chavane. Mais on ne me foutra donc jamais la paix !

La journée s'écoula avec une écœurante lenteur. Il allait acheter un paquet de cigarettes, ressortait sous le moindre prétexte, s'arrêtait un instant près du lit. Quand la garde de nuit eut remplacé Françoise, il s'enfuit. Il retourna boulevard Pereire. Il était fatigué et se promettait une bonne nuit dans le lit rond de Layla... Bon, il n'allait pas recommencer à se torturer.

Dans la boîte aux lettres, il y avait un papier qu'il déplia. *Je n'en peux plus*. C'était l'écriture de Fred, une écriture tremblée, comme si elle avait été tracée à tâtons.

Chavane hésita. Les états d'âme de Fred lui importaient peu. Mais il se dit que Layla aurait su pourquoi l'ancien jockey lui adressait cette phrase bizarre, qui ressemblait à un appel au secours. Fred avait-il besoin d'argent ? Mais dans ce cas, il se serait exprimé autrement ; c'était le moment d'en avoir le cœur net. Chavane compta les billets que contenait son portefeuille ; il était amplement pourvu.

Un taxi le conduisit *Chez Milord*. Il était près de onze heures et le bar était peu animé. Chavane aperçut Fred, tout au fond, assis devant une liqueur verte. Il se planta devant lui. Fred releva la tête.

— Vous ne me reconnaissez pas ? demanda Chavane.

— Attendez donc, fit Fred, d'une voix brûlée par le tabac.

Et soudain ses yeux s'animèrent.

— Vous êtes l'ami de Layla.

Il se leva à moitié.

— Où est-elle ?... C'est elle qui vous envoie ?

— On peut causer ?

Chavane fit signe au barman qui lui apporta la même chose tandis qu'il prenait place à côté de Fred.

— Non, reprit-il, elle ne m'envoie pas parce qu'elle n'est pas encore rentrée.

— Depuis le temps !... Alors, c'est qu'elle s'est fait choper.

— Choper ? Par qui ?

Fred but une gorgée d'alcool pour se donner le temps d'examiner Chavane. Il avait des yeux injectés et sa main libre s'ouvrait et se fermait comme si elle avait échappé à son contrôle.

— Si vous en êtes, dit-il, embarquez-moi.

— Mais... je ne comprends pas, protesta Chavane. Je suis l'ami de Layla, c'est tout. J'ai trouvé votre mot dans la boîte aux lettres et je viens voir ce qui ne va pas. Avez-vous besoin d'argent ?

Fred sourit tristement.

— C'est vrai que je suis au bout du rouleau, dit-il. Alors, vous n'êtes pas un flic ?

— Mais pas du tout.

— Vous ne savez pas ce que Layla me filait en douce, chaque semaine ?

— Non.

— Eh bien, elle me filait un peu de came, voilà ! Oh, très peu. Juste de quoi faire la soudure, car j'ai un autre fournisseur.

— De la came ?... Vous voulez dire de la cocaïne ?

— Chut ! Bien sûr... Et même de la supérieure. Seulement, pas de pot. Mon fournisseur a disparu et Layla me laisse tomber... Je sens que ça va mal finir. Si vous savez où est Layla, soyez chic. Prévenez-la tout de suite.

Chavane avait l'impression d'être ivre. Layla faisant trafic de drogue ? Bien sûr, elle appartenait par quelque biais inavouable au monde parallèle de la pègre. Il aurait dû s'en douter. Une fille qui fait ce métier est vite repérée, subit des pressions, et sans doute aussi des menaces qui l'obligent à filer doux, à obéir sans discuter. Et si elle a le malheur de n'être pas assez docile, on l'expédie contre un lampadaire. Tout commençait à s'expliquer.

— Pour qui travaille-t-elle ? demanda Chavane.

— Mais... pour personne.

— Quoi ! Elle n'appartient pas à un réseau ?

— Pas du tout. Elle est tout ce qu'il y a de plus indépendante. C'est une espèce de petit commerce qu'elle a monté toute seule. On voit bien que vous la connaissez mal. Travailler pour le compte de quelqu'un d'autre, sûrement pas ! Pas elle ! Non, d'après ce que j'ai compris, elle a quelqu'un, à Nice, qui lui fait parvenir, chaque semaine, une toute petite quantité de

178

neige. Elle se débrouille ensuite pour la revendre ici. Elle doit avoir quelques habitués très discrets. Ça se passe en famille, si vous voyez! Il n'y a pas grand risque.

— Mais il y en a quand même.

— Forcément.

— Il faut bien que son fournisseur, ou un complice, lui apporte la drogue à Paris.

— Vous pensez bien que je lui ai posé la question. Justement pour la mettre en garde. Elle a ri. Elle m'a dit que, de ce côté-là, elle était absolument tranquille.

— Voyons, de deux choses l'une : ou bien quelqu'un vient de Nice à Paris, ou bien c'est elle qui va chercher la drogue là-bas.

— Non. Ni l'un ni l'autre. Elle m'a affirmé qu'elle avait un truc.

— Enfin, quoi! La drogue ne vient pas toute seule?

— Je finis par le croire!

Chavane passa rapidement en vue quelques hypothèses. Aucune ne résistait. Il était certain que Lucienne, quand il était de repos, ne quittait pas la maison. Quand il était de service, aurait-elle pris régulièrement l'avion? Au risque de se faire repérer? Impensable.

— Elle vous a parlé d'un truc? reprit-il.

— C'est exactement le mot qu'elle a employé. Elle a ajouté que personne ne soupçonnerait jamais la vérité.

— Curieux! Voyez-vous, je suis tout étourdi par ce que vous m'apprenez. J'avais quitté une jeune femme timide, réservée, et, à mon retour en France, qu'est-ce que je trouve ? Une personne lancée dans la galanterie et qui fait commerce de drogue. Je n'en reviens pas.

Fred secoua la tête.

— Ce n'est pas tout à fait ça, dit-il. Pas facile de vous expliquer. D'abord, Layla n'est pas ce que vous croyez. Ce n'est pas du tout une Marie couche-toi-là ! Elle vit très librement, comme des quantités d'autres femmes. Moi, ça ne me scandalise pas. Et puis elle tient à la disposition de quelques amis quelques grammes de schnouf !

— Quelques grammes, répétés, ça finit par faire beaucoup d'argent.

— Pas mal, oui. Mais, encore une fois, Layla n'est pas une professionnelle. La preuve, le peu de poudre qu'elle me refile, c'est pour rien. Je lui ai rendu quelques services ; c'est sa manière de me remercier. Une chic fille, Layla ! Si elle ne revient pas très vite, elle va bougrement me manquer... Mais, maintenant que vous m'y faites penser... Je me rappelle que, la dernière fois, elle m'avait paru un peu préoccupée... Pas inquiète, non... Mais pas tranquille non plus. C'est peut-être pour ça qu'elle est partie. Vous n'avez rien remarqué, à l'aéroport ?

Chavane faillit demander : quel aéroport ? Il pataugeait jusqu'à l'enlisement dans ses mensonges, et dans ceux de Lucienne.

— Non, dit-il.

Et, pour couper court, il ajouta, en sortant son portefeuille :

— Mettons que c'est de la part de Layla... Le prix de quelques doses.

Il compta quelques billets de cinq cents francs. C'était l'argent du trafic qui payait les confidences de Fred. Chavane serra la main de l'ancien jockey et partit « Elle avait un truc, pensa-t-il. Un truc infaillible ! » Qu'est-ce que ça pouvait bien être ?

L'idée lui vint alors que le Mistral longeait l'étang de Berre, illuminé comme une ville en fête par les hauts lampadaires des raffineries, qui éclairaient des coupoles, des réservoirs, des tours, des tuyères couronnées de flammes. Il réfléchissait, à l'entrée du wagon-restaurant, reprenant encore une fois les données du problème : personne n'amenait la drogue, personne n'allait la chercher, et pourtant elle circulait facilement entre Nice et Paris. Ou bien Fred racontait des histoires, ou bien...

Ce fut alors qu'il comprit. Mais si, quelqu'un faisait la navette... lui-même ! C'était lui, le passeur involontaire. Ce ne pouvait être que lui. La drogue était cachée quelque part, dans son petit bagage, au départ de Nice, et Lucienne n'avait qu'à la récupérer. Or, ce bagage se réduisait à la mallette et la mallette ne contenait que son rasoir, son blaiseau, son savon, son dentifrice, sa brosse à dents, son peigne, ses deux vestes blanches... C'était tout. Quand il arrivait, il suspendait son veston de ville à son portemanteau, mais il le reprenait pour sortir du Mistral, à Nice et à Paris. Aurait-on caché quelque chose dans sa doublure ?... Dans ce cas, il aurait fallu, au cours du voyage, découdre l'étoffe puis la recoudre, alors que le personnel passait et repassait devant l'armoire-penderie. C'était absolument impossible. Le nécessaire de toilette aurait-il été truqué ?... Sûrement pas le rasoir, ni le savon, ni le tube dentifrice, ni le peigne ; peut-être le blaireau ou la brosse à dents ? Un blaireau évidé, une brosse au manche creux ? Ce n'était pas absurde , mais il aurait fallu substituer un blaireau ou une brosse spécialement aménagés au blaireau que sa main reconnaissait au simple toucher, ou à la brosse à dents qu'il renouvelait très souvent. Hypothèse à écarter.

Restaient les vestes blanches. Elles passaient la nuit à Nice, dans le wagon, et revenaient à Paris, où Lucienne les lavait. Elles auraient pu, à la rigueur, servir de véhicule à la drogue, mais elles n'avaient pas de doublure. Chavane se tâta rapidement. L'étoffe, partout, était souple et ne recelait aucune cachette. Et pourtant, il était sûr de tenir l'explication. A Nice, quand la rame était garée à l'écart, quelqu'un s'introduisait dans le wagon à l'aide d'un double de la clef. Quelqu'un que Layla avait sans doute rencontré à Paris, un amant, peut-être un drogué. A eux deux, ils avaient imaginé ce moyen de faire voyager la marchandise par très petites quantités mais dont l'addition devait être importante, à la longue.

Voilà donc pourquoi Lucienne acceptait de vivre auprès de lui. Elle n'aurait jamais accepté le divorce. Elle avait besoin de ce mari à éclipse, qui lui rapportait, à intervalles réguliers, quelques grammes de poudre qu'elle revendait ensuite sans difficulté. Evidemment, elle devait partager les bénéfices avec le pourvoyeur inconnu, mais il n'y avait plus à s'étonner si elle disposait de moyens si considérables. Les millions de l'ours en peluche, ce n'était que de l'argent de poche. Le gros du capital devait être prêté, comme en faisait foi la reconnaissance de dette.

Le Mistral arrivait à Marseille. Le deuxième service allait commencer. Chavane cessa de penser à Lucienne, mais, tout en servant le saumon sur canapé, il sentait son humiliation comme un grand froid autour du cœur. Lui, l'employé modèle, il convoyait de la drogue dans ce wagon qui lui était confié par la Compagnie...

Il apportait une corbeille de pain, une carafe, et il avait envie de se gratter, comme s'il avait été couvert de vermine. Car la nuit de l'accident, il ramenait de la drogue, comme d'habitude, et elle était encore cachée près de lui ou même sur lui, puisque Lucienne n'avait pas eu la possibilité d'en prendre livraison. Où? Mais où... Il se récitait les mêmes mots comme une aberrante litanie. Pas le savon, pas le rasoir, pas le dentifrice, pas le peigne... Et il ne restait plus rien où chercher.

A Nice, il s'attarda, sous prétexte de finir ses

comptes, et quand tout le monde fut parti, il se mit à explorer le vestiaire, puis il vida sa mallette et en examina les flancs, le fond, le couvercle, avec l'attention d'un spécialiste du déminage. En vain. Il retira sa veste blanche et soudain il pensa aux épaulettes. Une épaisse torsade dorée était cousue sur une plaquette bleue formant socle. Cette torsade... si elle était creuse ?

Il enleva ses épaulettes, fixées par des boutons-pression, suivit du doigt les courbures enchevêtrées de la passementerie et découvrit, sur le côté, une sorte de minuscule bouchon de plastique qu'il eut beaucoup de mal à détacher. La torsade formait tuyau. Dedans, il y avait une poudre blanche. Il la fit tomber dans le creux de sa main. De la cocaïne, à coup sûr. A peine quelques pincées. La seconde épaulette, à son tour, livra son contenu. En tout, peut-être une dizaine de grammes ; mais à raison de deux voyages par semaine, cela faisait environ un kilo dans l'année. Et au prix où devait se vendre le gramme !... Oh ! Fred avait raison. Il ne s'agissait que d'un tout petit négoce artisanal. N'empêche ! Il en était complice. Accablé, il fourra les vestes dans la mallette et, après avoir remis ses comptes et l'argent au bureau de la gare, il alla se coucher dans le local réservé aux agents de la Compagnie.

Là, dans le noir, dans le silence, il fit comparaître Lucienne devant lui. Mais il ne vit, sur l'écran de sa mémoire, qu'une femme sourde, muette et aveugle.

Elle ne pourrait jamais se justifier. Ses vraies raisons, c'était à lui de les imaginer. Il y avait l'argent. Mais l'argent pour quoi faire, puisqu'elle en jouissait peu, au fond. L'appartement du boulevard Pereire n'était pas à elle. Ses vêtements, ses fourrures étaient loin de représenter un gros capital. La moitié de la semaine, elle vivait très modestement. Pendant l'autre moitié, elle faisait certainement des folies. Mais si elle allait au restaurant, au spectacle, ce n'était pas elle qui payait. Et d'ailleurs, même si elle l'avait voulu, elle n'aurait pas pu acheter à volonté, ni investir, car elle aurait été obligée, de temps en temps, selon la nature de ses achats, de révéler sa véritable identité. Ainsi, elle était interdite de dépense comme d'autres sont interdits de casino. Alors, pourquoi se livrer à ce minable trafic de drogue ?

Chavane ne comprenait pas. Que Lucienne, encouragée par l'exemple de Dominique, eût cédé à la tentation de l'argent facile, cela pouvait se concevoir. Mais déjà l'objection se posait dans toute sa force : pourquoi Lucienne mettait-elle ses gains de côté ? La galanterie n'était pour elle qu'un moyen. Elle n'était pas particulièrement douée pour ce métier, de l'aveu même de ses amants. Pourquoi persévérait-elle ?... Et ce qui devenait impensable, c'était que l'idée lui fût venue de décupler ses bénéfices par le moyen de la drogue. A moins que cette idée ne lui eût été soufflée ? Mais Chavane, maintenant, était porté à croire qu'elle était d'elle. Et la preuve : personne, parmi les hommes qui la fréquentaient, ne savait qu'elle était mariée. Donc personne n'aurait pu lui suggérer d'utiliser comme cachette les épaulettes de son mari.

Il y avait là une sorte de raffinement dans la duplicité qui épouvantait Chavane. Lucienne était-elle une névrosée, une paranoïaque ? Pourquoi pas, après tout ? Peut-être prenait-elle un intense plaisir à se moquer de tous ceux qui l'approchaient. Peut-être se voulait-elle seule dans un monde où elle retrouvait ses jouets et l'enfance qui lui avait été arrachée ? Car enfin, ces jouets cachés dans l'armoire signifiaient bien quelque chose. Ce que Chavane apercevait, au bout du tunnel, comme une sorte de vérité encore infiniment lointaine, c'était que peut-être Lucienne n'était pas un monstre, mais une petite fille égarée parmi des êtres qui ne lui prêtaient aucune attention, qui passaient sans la voir leur rude chemin d'hommes. Pour la première fois, Chavane eut pitié d'elle et sentit à quel point il lui avait manqué.

Peut-être... Il ne pouvait encore formuler que des peut-être... Mais une évidence commençait à s'imposer à lui : il avait conduit son enquête dans la rancune, avec l'intention de confondre Lucienne pour mieux se détacher d'elle et la mépriser, et, à travers elle, haïr les femmes comme elle, au risque de se laisser prendre par une garce comme Dominique. Il avait cru, tout de suite, qu'elle était coupable, qu'elle avait choisi de le tromper, de le salir... Alors qu'elle n'avait sans doute pas eu le choix.

Chavane se rendait compte qu'il exprimait mal ce qu'il ressentait, et que les mots le trahissaient parce qu'ils écrasaient un peu ce qu'il était en train, péniblement, de deviner.

Le local était trop chauffé. Il se leva pour boire un verre d'eau et, soudain lucide, s'aperçut qu'il avait rêvé à demi. Allons donc! Admettre que Lucienne était d'une certaine façon innocente! Impossible! Deux heures du matin. Il fallait dormir. Et la première chose à faire, à Paris, serait de fouiller à fond comme il ne l'avait encore jamais fait, l'appartement de Layla, un nom qu'il aurait voulu cracher, pour s'assurer qu'il ne contenait pas une petite réserve de drogue.

Chavane, qui n'était pas habitué à réfléchir si longuement, s'endormit au petit matin et il avait la tête vide quand il quitta le Mistral, à Paris. Ludovic somnolait, dans le salon, près d'une tasse vide.

— Je t'attendais, bredouilla-t-il.

— Rien de neuf?

— Rien. Le docteur est venu hier. Il hausse les épaules quand je lui demande son avis. Il est de la jeune école, et pense qu'il est cruel de garder en vie des malades qui dorment déjà leur mort. Ce sont ses propres termes.

— Tu n'es pas trop fatigué?

— Si, un peu. Nous menons une drôle d'existence, mon pauvre Paul. Je ne sais pas si je tiendrai longtemps. Bonsoir. Je vais essayer de rentrer chez moi. Je dis que je vais essayer parce que la voiture, elle est comme moi. Elle n'en peut plus.

Chavane passa dans la chambre. L'infirmière lisait. Il l'empêcha de se lever et s'accouda au pied du lit, regardant Lucienne comme s'il la voyait pour la première fois. Les os saillaient. Les lèvres entrouvertes découvraient légèrement les dents. Il pensait à la jeune femme du tableau. Laquelle était la vraie ? Pour donner le change à l'infirmière, il fit le tour du lit et posa ses lèvres sur les paupières closes qui ne réagirent pas. Puis il caressa la main gauche, qui s'abandonnait, et remarqua que Lucienne ne portait plus d'alliance. Depuis quand ? Depuis son accident ?... Il avait donc été distrait à ce point ? Ou l'avait-elle perdue avant ? Il était bien capable d'avoir vécu près d'elle sans rien voir. Peut-être que s'il avait été moins occupé de lui-même...

— Allez vous reposer, dit-il à l'infirmière. Je vais veiller un peu.

— Tout à l'heure. Quand j'aurai remplacé la bouteille.

Cette alliance, c'était tout simple, elle la retirait quand elle devenait Layla et la remettait ensuite. Mais le soir de l'accident, la métamorphose n'était pas achevée et la bague devait être rangée quelque part. Il faudrait chercher. Chavane eut envie de fumer, de marcher, pour chasser cette impression de veillée funèbre. Le corps étendu sans mouvement, la petite lumière de la lampe de chevet. Il ne manquait que les fleurs. Chavane essayait de retrouver ses pensées de la nuit précédente; il se rappelait qu'à un certain moment il s'était dit que Lucienne était peut-être d'une certaine façon innocente mais le fil du raisonnement s'était rompu. Il avait entrevu quelque chose d'important, qui aurait pu lui rendre la paix, et il tâtonnait à nouveau dans les ténèbres. Il finit par s'endormir, la tête renversée sur le dossier du fauteuil, la bouche ouverte, comme un mort.

Le lendemain, après avoir aidé Françoise à soigner Lucienne, il se fit conduire boulevard Pereire. Il y avait une lettre pour Layla, ou plutôt une carte de visite laconiquement rédigée.

Suis à Paris pour plusieurs jours. Passerai vous voir jeudi après-midi vers seize heures. Aimerais savoir si le nouveau jeu vous plaît. Amicalement.

Le nom et l'adresse de l'expéditeur avaient de quoi suprendre : *Félix Dehaene, Mechelsesteenweg 120. Antwerpen.*

Chavane ouvrit la boîte réservée aux imprimés. Un petit colis plat l'y attendait. Il en examina les timbres. Un bonhomme qui envoyait des jouets, de Belgique. Qu'est-ce que c'était que ce nouveau mystère ? Chavane était si nerveux qu'il commença à déchirer l'enveloppe du paquet dans l'ascenseur et l'éventra dès qu'il fut dans la cuisine. C'était un jeu de patience. Chaque puzzle, aux fragments en forme de volutes finement ajustées, représentait un paysage nordique. Fjords sauvages, soleil de minuit sur la banquise, forêt sibérienne couverte de neige... Pourquoi ce Dehaene demandait-il l'avis de Layla? Et c'était aujourd'hui, jeudi, qu'il devait passer! Chavane avait le temps, d'ici seize heures, de téléphoner à Dominique. Un jeu de patience! Il n'en revenait pas. Avant de former le numéro de Dominique, il réfléchit encore. Jamais Lucienne n'avait montré le moindre intérêt pour ce genre d'amusement. Elle n'aimait pas non plus les cartes, ni les dominos, ni le jacquet. Alors, comment ce Belge pouvait-il la consulter, comme si elle avait eu une compétence toute parituclière en matière de jeux? Perplexe, il appela Dominique et entendit au bout du fil une voix inconnue, une voix de femme.

— Est-ce que je pourrais parler à Dominique? demanda-t-il.

— Madame est partie.

— Qui êtes-vous?

— La femme de ménage. Je viens nettoyer partout quand Madame s'absente.

— Et elle s'est absentée pour longtemps?

— Une semaine.

— Vous savez où elle est?

— En Corse, chez sa cousine.

Chavane raccrocha, furieux. Au diable la cousine! Il était tout à coup impatient de poser sur Lucienne mille questions nouvelles. Il lui semblait qu'il s'y était mal pris, jusque-là, parce qu'il avait surtout désiré se

191

meurtrir au lieu de comprendre. Ludovic en savait moins que Dominique sur l'enfance de Lucienne. C'était Dominique, la camarade d'école, la première confidente. Avant de pervertir Lucienne et d'inventer Layla, elle avait joué avec la petite inconnue. Est-ce que Lucienne était heureuse ? Est-ce que ses parents s'entendaient bien ? Aurait-elle été riche, si la révolution n'avait pas éclaté ? Est-ce que... Est-ce que... Tout savoir avant qu'il ne soit trop tard. Si Lucienne mourait...

Chavane s'aperçut que cette pensée le faisait souffrir et c'était si nouveau qu'il en resta interdit et vaguement choqué. Après tout ce qu'elle lui avait fait ! Il récapitulait : le tableau, cette double vie, ces jouets qui le narguaient et pour finir la drogue dont il était le convoyeur imbécile ! Mais peut-être parce qu'elle était allée trop loin n'était-elle pas coupable de la façon qu'il avait imaginée ?

Il attendit son visiteur avec une impatience hargneuse. C'était sans doute un ancien amant. Forcément ! Il devinait qu'il y avait, entre Dehaene et Layla, une amitié ancienne, confiance, exactement le genre d'amitié que Lucienne lui avait refusée. Il débordait de rancœur, quand l'homme sonna enfin.

Dehaene s'étonna.

— Mme Layla n'est pas là ?

— Elle est souffrante.

— Ce n'est pas grave ?

— Si, malheureusement. Entrez.

Dehaene était un grand gaillard d'une cinquantaine d'années, au visage poupin semé de taches de rousseur, aux yeux bleus sans malice. Chavane suspendit dans le vestibule son pardessus en poil de chameau, et son chapeau aux bords roulés, tout en racontant l'accident. Dehaene hochait la tête.

— Désolé, vraiment désolé... Je ne pourrais pas lui rendre visite ?

— Impossible pour le moment.

— Vous êtes un parent ?

— Son cousin germain... Qu'est-ce que vous buvez ?

— Un whisky, sans glace, s'il vous plaît.

Chavane dosait l'alcool en prenant le temps de réfléchir. La fable du Gabon était inutile avec Dehaene. Au contraire, il fallait se montrer au courant de certaines choses pour le mettre en confiance. Il lui tendit un verre.

— Layla m'a chargé de la remplacer, dit-il, mais je ne suis pas dans le secret de toutes ses affaires. Naturellement, je connais la nature de ses occupations. Chacun choisit sa vie comme il l'entend, n'est-ce pas ? Mais maintenant je dois me montrer curieux si je veux lui être utile. Vous voyez, j'ai ouvert votre paquet. Et je ne comprends pas. En quoi ma cousine est-elle concernée par ce jeu de patience ?

Dehaene offrit à Chavane un robuste cigare hollandais et en alluma un pour lui-même.

— Il faut que vous sachiez d'abord comment je l'ai connue, dit-il.

Son accent flamand donnait de la drôlerie à ses paroles et, avec ses épais sourcils roux et sa bouche qui s'arrondissait pour souffler la fumée, il ressemblait à un personnage de théâtre.

— C'est un ami qui nous a présentés, reprit-il. Moi, je dirige une fabrique de jouets, à Anvers. Depuis quelques années, la demande a beaucoup augmenté surtout sur les jouets miniaturisés qui intéressent de plus en plus les collectionneurs... Nous avons longuement parlé, Layla et moi...

— Vous êtes devenu son...

— Oh, pas du tout, fit Dehaene, qui agita son cigare en signe de protestation. Non. Elle n'est qu'une excellente amie, que je viens voir quand je passe à Paris. Elle a mis pas mal d'argent dans mon affaire.

— Combien ?

— Permettez ! fit Dehaene, en arrondissant un sourcil d'une manière volontairement comique. Elle n'aimerait peut-être pas que je sois trop bavard. Tout ce que je peux vous dire, c'est qu'elle est une remarquable femme de tête. J'ai tout de suite eu confiance en son jugement. Et j'ai l'habitude de lui envoyer nos spécimens pour savoir ce qu'elle en pense.

— Ah, c'est donc ça !

— Pardon ?

— Rien ! Rien ! Voyez-vous, je me demande pourquoi ce sont justement les jouets qui l'ont attirée ? Si elle cherchait un bon placement, elle pouvait se diriger vers l'immobilier, par exemple. Alors, pourquoi les jouets ?

— Moi, je le sais, dit Dehaene. Avec moi, elle parlait très librement. Je peux être franc ?

— Mais bien sûr.

— C'est une femme à qui la vie n'a pas fait de cadeaux et en même temps c'est une gamine qui n'est pas sortie de l'enfance. Du moins, c'est ce que j'ai compris à travers ses confidences.

— Moi, j'avoue que je ne comprends pas très bien. Il y a eu ce drame dans sa jeunesse, mais...

— Elle me l'a raconté. Elle en a été terriblement marquée. Et justement, il y a quelque chose, en elle, qui ne s'est pas développé... qui s'est bloqué à ce moment-là. J'ai senti cela très souvent, en causant avec elle. Je ne suis pas médecin, mais je ne crois pas me tromper. Tenez, une preuve, en passant : elle m'a dit un jour qu'elle n'aurait jamais voulu avoir un enfant, que c'était un crime de donner la vie.

— Elle vous a dit ça, murmura Chavane, pensivement.

— Oui, mais en même temps les jouets l'attirent. C'est très curieux. D'un côté, on la sent revenue de tout, comme une très vieille femme ; et de l'autre , je l'ai vue battre des mains devant un petit lapin jouant du tambour. Je vous étonne ?... Pourtant vous devez bien la connaître un peu ?

— Si peu !

— Elle ne vous a jamais mis au courant de ses projets ? Elle ne cessait pas de faire des projets.

— Je voyage beaucoup, vous savez.

— Ah, c'est ça ! C'est sans doute pourquoi elle ne m'a pas parlé de vous.

— Quels projets ?

— Eh bien, elle aurait voulu posséder un magasin de jouets. J'avais même quelque chose en vue pour elle, à Anvers.

— A Anvers ?

— Oui. Elle disait que rien ne la retenait en France.

— Tiens ! Tiens ! fit Chavane, ulcéré.

— Oh ! mais elle n'aurait sans doute pas donné suite. Enfin, je n'en sais rien. Avec elle, on ne sait jamais ce qui est vrai et ce qui est faux. Elle vit comme dans une espèce de rêve. Sauf pour les questions d'argent. Là, je vous jure qu'elle a les pieds sur terre.

— Elle est avare ? demanda Chavane.

Dehaene, du petit doigt, détacha la longue cendre de son cigare au-dessus du cendrier.

— Avare ? Non ! C'est plus compliqué que ça. A mon avis, elle a toujours eu un immense besoin de sécurité. L'argent, c'est comme un cocon autour d'elle, une protection, une défense, une chaleur. Elle tire l'argent sur elle comme quelqu'un qui a froid tire la couverture. Vous voyez cela ?

— Oui, je commence.

— Pour moi, la vérité, c'est qu'elle a toujours vécu dans la peur. Cette peur ne l'a jamais quittée... pas une peur ordinaire... une peur vivante, qu'elle porte dans son ventre, comme un fœtus.

— Ah, taisez-vous, dit Chavane. On croirait que vous l'aimez.

— C'est vrai, dit Dehaene. Elle le mérite. Elle est si seule.

Il éclata d'un rire qui le congestionna.

— N'allez surtout pas vous faire des idées... Je suis marié... J'ai des enfants. Layla...

Il chercha à préciser sa pensée et conclut, d'un ton soudain grave :

— Layla, c'est Layla !... Et on va la sauver, n'est-ce pas ?

— J'en doute, dit Chavane.

— C'est terrible ! Une jeune femme si attachante... et si jolie ! Ça me fait beaucoup de peine. Je repars après-demain... Est-ce que je pourrai vous téléphoner pour avoir des nouvelles ?

— Je serai moi-même en voyage, fit Chavane, froidement.

Dehaene écrasa son cigare et se leva.

— S'il lui arrivait quelque chose, mais j'espère bien que non, il y aurait des problèmes à régler. Elle me parlait très peu de sa famille. Elle n'avait pas de notaire. Elle me faisait totalement confiance et elle avait raison. Mais maintenant ?

— Si elle meurt, dit Chavane, je vous préviendrai. J'ai votre adresse.

Après le départ de Dehaene, il resta longtemps dans le living, marchant autour de la table, tête basse. Il plaçait côte à côte les éléments du problème et la vraie Lucienne commençait à prendre forme. Ce qu'il découvrait lui serrait le cœur. Elle n'avait pas cessé de fuir, pas seulement devant lui — il n'avait guère compté pour elle — mais devant quelque chose de vague et de poignant qu'il imaginait mal, comme si elle avait été une petite bête traquée en quête d'un abri perdu. Le gros Dehaene avait deviné juste. « Elle disait que rien ne la retenait en France. » Il sentait cette phrase vibrer comme un couteau planté. Mais à la vérité rien ne la retenait plus nulle part. Et peut-être avait-elle choisi, au bout de la course, de lâcher le volant, somnambule attirée par le vide. Il ne saurait jamais. Il n'en finirait plus de chercher de nouveaux indices, d'errer sur ses traces.

Il eut soudain besoin de la revoir et il rentra chez lui précipitamment, comme s'il avait craint de ne plus la retrouver. Elle était là, étendue sur le dos dans la position où il l'avait laissée. L'infirmière tricotait. On n'entendait que le cliquetis léger de ses aiguilles et ses lèvres remuaient quand elle comptait ses mailles. Chavane s'assit près du lit et murmura contre l'oreille de sa femme.

— C'est moi, Lucienne... Je te promets qu'on ne se quittera plus.

Il se redressa, regarda les yeux clos couleur de violette fanée. Il avait envie de s'appuyer au mur et de pleurer dans son bras replié, comme jadis, quand il était enfant.

— Je ne sais pas si nous aurons assez de pain, dit Amédée. Cette grève des avions va nous foutre dedans. Ils devraient bien prévenir, avant. Tout le monde va rappliquer ici. Pour le premier service, ça ira. Mais vous verrez, chef, à Marseille, on sera débordés.

Chavane ne répondit rien. Il songeait aux six jours de repos qu'il allait demander. Son métier ne l'intéressait plus. Dès qu'il endossait sa veste blanche, il se sentait coupable. A plusieurs reprises, déjà, à Paris, il avait examiné ses épaulettes, mais elles ne contenaient plus de poudre. Le mystérieux pourvoyeur de Nice avait compris que le trafic était interrompu et il ne se manifestait plus. Restait la honte. Elle marquait Chavane comme un tatouage, le rendait taciturne. « Pas étonnant, murmurait Amédée, après le malheur qui lui est arrivé ! »

Chavane s'activait machinalement. Le plateau bien calé sur l'avant-bras, d'un prompt mouvement du poignet droit, il enlevait la tranche de bœuf, la cuiller raflait quelques gouttes de jus, arrosait la viande, cueillait quelques morceaux de pommes de terre, un brin de salade, et au suivant. Il avançait dans l'allée comme dans un sillon, ensemençait les assiettes, ne voyant, d'un coup d'œil oblique, que des chevelures diversement coiffées, des crânes chauves, des oreilles que le bordeaux commençait à rougir.

A la dérobée, un coup d'œil à la montre. Il comptait les heures qui le séparaient de Paris. Il avait hâte de se retrouver au chevet de Lucienne, pour reprendre, comme un obstiné, l'instruction de l'affaire. « Voyons, nous en étions au moment où ton père avait remarqué, sur les murs de la grange, des inscriptions menaçantes. Avez-vous eu peur ?... Bien sûr, que vous avez eu peur... Ludovic m'a renseigné. C'est même à ce moment-là que tu as cessé d'aller à l'école... » Ainsi, il reconstituait par lambeaux le passé de Lucienne. Il aurait voulu le reconstituer minute par minute, pour découvrir l'instant où s'était produit la fracture, où la petite fille avait décidé que le monde était une illusion horrible et s'était tournée vers elle-même, pour toujours.

— S'il vous plaît, un peu de moutarde ?

— Voilà.

De nouveau, le service l'absorbait. Amédée préparait les glaces. Par échappées, on apercevait la mer, d'un bleu très pâle, et des grues croisant leurs bras au-dessus de murs inachevés. C'était bien d'une instruction véritable qu'il s'agissait. Ludovic faisait de son mieux pour aller chercher, au-delà des années, des détails oubliés.

— Comment veux-tu que je me rappelle comment elle était alors habillée ? disait-il. Oui, il me semble qu'elle aimait bien la toilette. Mais quelle importance cela peut-il avoir maintenant ?

Une petite foule attendait le Mistral à Marseille. Tant mieux ! Plus il y aurait de clients et plus le temps passerait vite. Le restaurant s'emplit rapidement. Amédée préparait les vol-au-vent. Chavane pensa que si Lucienne mourait il quitterait son emploi ; ou bien il demanderait à servir sur une autre ligne, Paris-Venise, par exemple. Le Mistral lui rappellerait trop de mauvais souvenirs. Il accepterait même de devenir stewart à bord d'un wagon-lit. Il disposerait de toutes ses nuits pour regarder défiler sa vie et celle de Lucienne, comme un film monté par un fou. Le second service dura longtemps ; il n'y avait pas une place à prendre. Puis, à partir d'Avignon, le restaurant se transforma en café. C'était l'heure où les vieilles dames, clopinant le long des couloirs, traversaient avec méfiance les soufflets au sol mouvant, hésitant devant les portes de verre qui s'effaçaient devant elles au dernier moment, venaient boire une tasse de thé. Chavane laissait faire ses commis. Il s'offrait une petite conversation avec Amédée. C'était la pause qui ne durerait pas longtemps car il fallait s'occuper des dîners.

La fatigue montait sournoisement le long des jambes. A partir de Dijon, Chavane fonctionna comme un robot. Toutes les tables étaient occupées. Amédée, devant ses fourneaux, ressemblait au batteur d'une formation de jazz, les bras partout à la fois, le corps trépidant au rythme des boggies. Chavane et le petit Michel se suivaient, se croisaient, rapides, efficaces, une grimace d'amabilité aux lèvres.

Et ce fut le tour du second service. Les voyageurs se pressaient aux deux entrées du wagon. Chavane, quand ils hésitaient, leur indiquait rapidement les places encore libres. Il se trouva soudain devant Dominique. Leurs regards se rencontrèrent, et il y eut une seconde abominable. Mais Chavane était si bien dressé par des années de métier qu'il ne laissa rien paraître de sa panique.

— Nous sommes trois, dit Dominique, un drôle de sourire aux lèvres.

Il tendit le bras.

— Là, s'il vous plaît.

La salle, maintenant, était pleine. Chavane s'était réfugié à l'entrée de l'office; il pensait : « Je n'aurai pas la force. Je n'en peux plus. » Il transpirait comme un acteur qui a oublié son texte et qui voit se lever le rideau. « Ce qu'elle doit se foutre de moi ! L'homme du Gabon ! Le riche colon !... Eh bien, c'est un garçon de café ! »

— Qu'est-ce que tu as ? demanda Amédée. Si tu te voyais ! Tu es couleur de camembert. Ça ne va pas ?... Tiens ! Attrape le saumon.

Chavane cala le plateau sur son avant-bras et commença la distribution. Il se rappelait la grève sur Air-Inter. Normal qu'elle rentrât de Corse par le Mistral ; faute d'avion. La jeune femme et le petit garçon qui l'accompagnaient étaient sans doute ses cousins. Il avançait, la sueur au front. Elle était bien capable de lui faire quelque remarque désagréable, de l'humilier publiquement, devant son personnel. Ou bien elle éclaterait de rire. Ou bien elle lui dirait : « Qu'est-ce que tu fiches, ici ? » Et alors, qu'est-ce qu'il répondrait ? « J'ai cherché à me recaser. J'ai accepté ce travail en attendant mieux ! » Il sentait combien il allait être ridicule. Du coin de l'œil, il observait Dominique. Elle émiettait son pain, la main nerveuse. Il arriva à leur hauteur. Dominique tourna vers lui un regard qui l'ignorait.

— Nous prendrons le mouton.

Chavane acheva de vider son plateau. Désormais, inutile d'aller sonner à la porte de la petite garce. Et toutes les questions qu'il comptait encore lui poser sur Layla resteraient sans réponse. Tout cela finissait d'une manière odieuse.

Bravement, il ne ralentissait pas son allure. La frôlait au passage dans ses allées et venues, s'attendait à chaque instant à être interpellé, car elle n'était pas fille à rester sur un affront et elle devait se dire qu'il s'était bien payé sa tête. Cependant, il servit les tranches de mouton avec le moelleux du geste qui était sa fierté ; et il ne se passa rien. Le duel aurait lieu au moment de l'addition, quand il s'arrêterait plus longuement à la table. Evidemment, il pouvait se faire remplacer. Mais c'était à lui que l'encaissement revenait de droit et il n'avait jamais demandé à personne de faire ce travail à sa place. « Après tout, pensa-t-il, je suis ici chez moi et si elle veut un esclandre, elle l'aura ! »

Mais il tremblait en dedans quand il apporta le fromage puis la glace. Dominique, soucieuse, ne semblait faire aucune attention à lui ; mais il aurait parié qu'il était, depuis le début du repas, au centre de ses pensées.

Il revint dans l'allée, portant devant lui, comme un éventaire, son tiroir-caisse. On allait bien voir. Il dut s'arrêter, juste derrière Dominique, pour convertir des livres en francs, à une table d'Anglais. Il était habitué à ce genre d'exercice, qui se renouvelait fréquemment et qu'il pratiquait avec aisance, grâce à son tableau de change. Il remarqua que Dominique sortait son chéquier de son sac. Elle se retourna.

A nouveau, leurs regards se rencontrèrent. Chavane mit tout son courage à ne pas baisser les yeux. Elle céda la première et remplit son chèque, lentement, avec une exaspérante application. Puis elle le tendit du bout des doigts, comme si elle avait craint de se salir et son sourire fut plus insultant qu'une gifle.

Impassible, Chavane vérifia le chèque, lut la signature : *Léonie Rousseau*. Il faillit lui faire observer qu'elle s'était trompée. Jamais il n'avait réfléchi aussi vite. Il comprenait tout, voyait tout dans une sorte de transe de lucidité... La cousine qui se repoudrait... Dominique qui remettait le chéquier dans son sac... Dominique qui ne s'appelait pas Loiseleur, mais prosaïquement Rousseau. Dominique Loiseleur, c'était son nom de guerre, son nom de grue. Il rangea le chèque sous des pièces, dans son tiroir. Il s'éloignait déjà quand elle le rappela.

— Garçon !

Elle poussa sur la nappe deux pièces de cinq francs.

— Vous oubliez votre pourboire.

A nouveau leurs regards s'empoignèrent, se défièrent. Très dignement, Chavane s'inclina.

— Merci, madame.

Mais il dut aussitôt se réfugier dans la cuisine, les dents serrées par la rage. Car il découvrait, par illuminations brutales, comme l'orage éclaire un paysage nocturne, tout ce qui lui avait échappé jusque-là. L'emprunteuse, celle qui avait signé la reconnaissance de dette de son vrai nom : Léonie Rousseau ; celle qui devait cinquante-cinq mille francs à Layla, c'était Dominique... Et c'était encore Dominique qui avait poussé la Peugeot sur le lampadaire, pour se débarrasser d'une rivale dont elle était jalouse, qui gagnait beaucoup plus qu'elle et à qui elle allait devoir rembourser son argent. Non seulement Dominique avait corrompu Lucienne, l'avait initiée à cet horrible métier, mais elle l'avait tuée. C'était évident. Depuis quelque temps, Layla avait peur. Fred l'avait remarqué. Les deux femmes s'étaient sans doute violemment querellées...

Mais il y avait encore autre chose, qui était pire que tout. Puisque Dominique avait provoqué l'accident, elle avait su, tout de suite, au premier coup d'œil, boulevard Pereire, que Layla n'avait jamais attendu personne à l'aéroport. Elle avait su immédiatement que ce soi-disant ami de Layla, ce colonial arrivé du Gabon, n'était qu'un imposteur. Ah! Comme elle l'avait fait marcher! Avec quelle duplicité! Ça faisait mal!

— Donne-moi quelque chose de fort, dit-il à Amédée. Ce que tu voudras. J'ai la tête qui me tourne.

Dire qu'il l'avait eue dans la peau, cette garce! Pas longtemps. Juste assez pour savoir ce que pouvait bien éprouver un amant de Layla! Mais c'était bien fini. Et son crime, elle allait l'avouer. Elle la cracherait, la vérité. Il but d'un trait l'alcool qui lui brûla la langue.

— Ça va mieux? demanda Amédée. Dans une heure, tu seras chez toi. Une bonne nuit et demain, tu seras d'attaque, tu verras.

... Mais une heure plus tard, Chavane roulait vers la rue Troyon. Il n'était pas onze heures; la porte de l'immeuble ne serait pas encore fermée. Et en effet, il entra sans difficulté, préféra monter à pied pour libérer l'excès d'énergie qui le faisait trembler comme une machine surmenée.

Un discret coup de sonnette... Personne... Elle n'était pas encore arrivée. La minuterie s'éteignit. Il

207

s'appuya, le dos au mur, les mains dans les poches, puis, dans l'obscurité, il marcha un peu, à droite, à gauche. Il entendait une lointaine musique de danse, qui traversait de grands espaces de silence et de nuit, pour venir l'inviter à la joie. Où était Dominique ? Elle avait probablement accompagné sa cousine et le gamin à l'hôtel, car son appartement était trop petit pour les accueillir d'une manière décente. Elle allait donc apparaître bientôt. Que lui dirait-il ? Et quand elle aurait avoué, que ferait-il ? Est-ce qu'il la dénoncerait ? Il n'en savait rien. Et si elle murmurait avec tendresse : « Des fous comme toi, on ne les contrarie pas. Du Gabon ou d'ailleurs, tu étais là et tu me plaisais bien ! », est-ce qu'il se laisserait reprendre ?

Il entendit glisser les portes de l'ascenseur et la lumière de la cabine monta vers lui. C'était Dominique. Pour ne pas l'effrayer, il appuya sur le bouton de la minuterie et le palier s'éclaira.

Une autre femme aurait eu un mouvement de recul.

— Tiens, dit-elle, c'est toi ! Tu tombes mal. Je n'ai pas du tout envie de discuter. Mais alors, pas du tout.

Elle cherchait ses clefs dans son sac, passa devant Chavane avec un haussement d'épaules.

— Tes salades, j'en ai ma claque. Tu as vu l'heure qu'il est ?

Elle ouvrit la porte. Il la retint par le bras.

— Laisse-moi entrer, dit-il.

Elle se dégagea d'un mouvement brusque.

— Pour que tu me parles encore de ta bonne

208

femme! s'écria-t-elle. Tu m'as assez cassé les pieds avec elle. Ce n'est pas ma faute si elle t'a laissé tomber... Va la rejoindre, puisque tu voyages à l'œil!

Elle rit et le repoussa. Il empêcha la porte de se refermer et entra de force derrière elle.

— Tu vas m'écouter.

— Sans blague! Si tu ne sors pas, je crie!

Alors sa main partit toute seule, enserra le cou de Dominique.

— Eh bien, crie. Crie! Qu'est-ce qui t'en empêche? Crie donc, salope!

Son autre main vint à la rescousse. Ses doigts s'enfonçaient dans la chair fragile. Ils étaient semblables à des bêtes qui ne reconnaissent plus la voix de leur maître.

— C'est toi, hein, qui l'a tuée!... C'est toi!

Il n'était plus qu'une énorme crampe et Dominique avait depuis longtemps cessé de se débattre quand, un à un, ses muscles se relâchèrent. Ses mains cédèrent les dernières et Dominique tomba. Il alluma les lampes du vestibule, chercha son mouchoir pour s'essuyer les yeux aveuglés par la sueur. Puis il s'agenouilla près du corps, le retourna sur le dos.

« Je l'ai étranglée, pensa-t-il. Ça s'est fait tout seul! C'est donc si facile! » Une immense fatigue le vidait de ses forces. Il s'assit sur la moquette, resta longtemps immobile, hors d'état de bouger. Peu à peu, il prenait conscience de la situation. Pas besoin d'alerter la police. La cousine de Dominique s'inquiéterait et ferait le nécessaire. Personne ne s'étonnerait. Une fille assassinée par un amant de passage, rien de plus banal ! A condition de faire un peu de mise en scène. Chavane se leva et prépara deux fines à l'eau. Il en but une, laissa les deux verres sur une table, après avoir effacé ses empreintes. Puis il vida le sac à main sur le sol, en éparpilla le contenu. Voilà ! C'était fini. Quelqu'un avait étranglé Dominique, mais ce n'était pas lui.

Pas le moindre remords. Au contraire, une paix inconnue. Comme s'il venait de s'acquitter d'une besogne infiniment difficile, mais nécessaire. Il referma doucement la porte après avoir éteint toutes les lumières, et sortit sans rencontrer personne. Quand il arriva chez lui, Ludovic était parti.

— Monsieur Ludovic vous a attendu jusqu'à onze heures, dit la garde. Il a laissé un mot pour vous.

Tu m'excuseras, lut Chavane, *mais j'ai oublié ma papavérine. Je passerai demain matin. Ne t'inquiète pas. Tout va bien.*

Chavane passa dans la chambre. Lucienne était là, comme un objet. Il s'arrêta au pied du lit. « Layla est morte », dit-il, à voix très basse, comme si elle avait pu l'entendre et se réjouir. Accoudé à la barre de cuivre, il rêva un instant. La longue poursuite était enfin terminée. Il n'y aurait plus, désormais, que ce tête-à-tête muet, plus riche que n'importe quel dialogue. Il était si épuisé qu'il n'avait plus la force de faire un pas en arrière et d'aller se coucher. Il regardait Lucienne. Il ne se lasserait plus de la regarder. Sa tête oscillait. Il se rendit compte qu'il était en train de perdre conscience et il eut juste le temps de s'asseoir dans le fauteuil. Il dormait déjà.

Ce fut Ludovic qui, le lendemain, le réveilla.

La pensée engourdie, Chavane se laissa reprendre par la routine des jours. Le métro, le Mistral, le brouhaha du travail... Commença une période si floue qu'il perdit la notion du temps. Il n'avait plus envie de se pencher sur le passé de Lucienne. Il lui suffisait qu'elle fût là. Il y avait bien eu un moment où il s'était intéressé à ce que les journaux avaient appelé « l'affaire Loiseleur », mais comme s'il se fût agi de quelque chose qui ne le concernait pas. La police, alertée par la cousine de Dominique, qui avait découvert le corps, n'avait aucune piste. Une enquête était ouverte. On interrogeait des suspects, mais les relations masculines de Dominique étaient nombreuses, ignorées pour la plupart, et le zèle des policiers n'était pas très vif. Un journal du soir publia un assez long article, que Chavane parcourut à Nice. Le crime semblait avoir été commis par un client de passage, peut-être pour une question d'argent, car le sac de la victime avait été fouillé. Les recherches prendraient sans doute beaucoup de temps...

Chavane ne se sentait nullement menacé. Bien sûr, il avait été vu, comme beaucoup d'autres, en compagnie de Dominique, mais en des endroits où l'on a l'habitude de se montrer discret. Et d'ailleurs, personne ne connaissait son nom. Et puis, rien de tout cela n'avait d'importance. Il n'éprouvait plus aucune colère, aucune jalousie, aucun sentiment violent. Il était entré, à son tour, dans une espèce de coma qui émoussait ses pensées, amortissait ses souvenirs. Il ne se disait plus : « Et maintenant ? » Il laissait aller sa vie, content de partir ; encore plus heureux de revenir. Il ne voulait pas savoir que Lucienne était perdue. L'important était de l'avoir à soi, de profiter de cette fidélité d'un corps sans âme, peut-être, mais qui ne pouvait plus s'échapper. Dès qu'il arrivait à Nice, il téléphonait.

— Que veux-tu que je te dise ? répondait Ludovic, qui perdait patience. C'est toujours pareil. Tu devrais pourtant t'habituer.

Descendant du train, à Paris, il se précipitait :

— Comment a-t-elle passé ces deux jours ?

Ludovic et l'infirmière échangeaient un regard. Il pénétrait dans la chambre, se penchait sur Lucienne. Jamais pour l'embrasser. Simplement pour la voir de près, étudier les rides qui, autour de la bouche et du nez, devenaient de fines craquelures, comme si la matière du visage s'était lentement transformée en une sorte d'argile. Quelquefois, il lui prenait la main. Il murmurait : « Reste ! », comme quelqu'un qui parle en dormant.

— Tu n'es pas raisonnable, disait Ludovic. Autrefois, tu faisais moins attention à elle.

— Mais maintenant elle a besoin de moi, répliquait Chavane, sèchement.

Il prit l'habitude de rapporter de Nice un œillet, une rose, qu'il déposait sur l'oreiller.

— Ce n'est pas propre, protestait l'infirmière.

— Ça me fait plaisir... Et à elle aussi, j'en suis sûr.

Les jours commencèrent à allonger. Le soir rougeoyait longtemps sur l'étang de Berre. Du côté d'Avignon, il y eut le premier pêcher en fleur et Chavane, qui s'était arrêté au milieu de l'allée, une cafetière à la main, le suivit des yeux jusqu'à ce qu'il eût disparu. Ce même soir, il apprit la nouvelle : l'assassin de Dominique avait enfin été arrêté. C'était un barman, travaillant dans un établissement de l'avenue de Wagram. Il avait déjà avoué le meurtre de deux prostituées, et il ne tarderait pas à se reconnaître coupable de la mort de Dominique Loiseleur.

« Qu'il se débrouille ! », pensa Chavane. Mais, pendant une semaine, il fut préoccupé, au point qu'il fut tenté d'envoyer à la police une lettre anonyme pour innocenter le barman. Il y renonça parce que, de proche en proche, dès que se réveillait le souvenir de Dominique, réapparaissait celui de Layla ; et Layla, c'était Lucienne et il refusait de toutes ses forces ce rapprochement indécent qui lui rappelait son propre égarement; et c'était alors le retour en arrière vers Layla et Dominique, et il avait l'impression de tourner sans fin dans un manège qui lui chavirait le cœur. Tant pis. Il se tairait.

Il acheta un énorme bouquet de mimosa qu'il rapporta de Nice à Paris.

— Vous la gâtez, votre femme, dit Amédée. Elle a de la chance d'avoir un mari comme vous.

Mais Ludovic, lui, fronça les sourcils.

— Qu'est-ce que tu veux qu'on fasse de ça! Tu es inconscient ou quoi?

Il prit le bouquet et le jeta sur la table de la cuisine. Des boules jaunes roulèrent partout sur le carrelage.

— Paul... Ferme la porte!... Pas besoin qu'on nous entende.

Chavane, brusquement, se sentit en danger. Ludovic avait son visage des mauvais jours.

— Assieds-toi.

Dominé, Chavane tira une chaise à lui.

— Ça signifie quoi, ces fleurs? reprit Ludovic. Que tu aimes Lucienne? Que tu te ronges à cause d'elle!

Il marchait, les mains au dos. Il cherchait ses mots.

— Mon pauvre Paul! Tu vas finir par nous faire une dépression.

— Non, quand même, protesta Chavane.

— Il faut que tu saches, Paul. Ce matin, le médecin n'y a pas été par quatre chemins. Lucienne est perdue.

Il se planta devant Chavane.

— Perdue ; tu entends. D'après lui, ce n'est plus qu'une question de jours.

— Qu'est-ce qu'il en sait ? s'écria Chavane.

Ludovic lui posa une main sur l'épaule.

— La vérité, reprit-il, c'est que Lucienne nous a quittés depuis longtemps. Je ne voudrais pas te faire du mal... ah ! que c'est donc difficile... Déjà, avant son accident, elle n'était plus avec nous. Tu comprends ?

— Non, murmura Chavane. Mais déjà il baissait la tête, pour cacher sa honte.

— Elle te trompait, mon pauvre Paul. Elle nous trompait tous les deux.

Ludovic avait ramassé des boules de mimosa et les faisait sauter, machinalement, dans sa main.

— Une gamine que j'ai... Ce n'est pas possible !

Peut-être revoyait-il la petite qui lui grimpait, autrefois, sur les genoux. Il parut se réveiller et regarda Chavane.

— Tu ne me crois pas. Mais j'ai des preuves. Une fois, je l'ai croisée, au bras d'un homme, près du *Lido*. Tu imagines le choc !

Il attendait une réponse. Chavane, glacé, serrait les dents.

— C'était bien elle... Alors, j'ai voulu en avoir le cœur net. Les jours où tu étais de service, je l'ai guettée... et j'ai fini par découvrir qu'elle occupait un appartement, boulevard Pereire, sous un nom... Tu ne devinerais jamais... Ketani ! Le nom de sa mère. Elle était revenue à ses origines, comme un petit fennec qui retourne au désert. Et, tu vois... je me demande si elle a jamais été avec nous...

Il lança d'un geste las les boules de mimosa dans l'évier.

— Moi, je suis trop vieux. Mais toi, tu finiras par oublier. Attends ! Je n'ai pas fini. Elle s'était choisi un prénom un peu rare, Layla... Sans doute pour exercer son métier avec plus de succès... Son métier, Paul... je n'ai pas besoin de préciser.

— Tais-toi, chuchota Chavane.

— Oui, je vais me taire, mais avant... Et puis, tant pis, je te dirai tout. Au point où nous en sommes... Le 6 décembre, une date que je ne suis pas près d'oublier... C'était le soir. Je l'ai vue qui entrait, boulevard Pereire, avec un client... Je suis bien obligé d'employer ce mot... Elle était habillée comme une princesse... J'ai attendu, dans ma voiture. Je sais être patient quand il le faut... Le type a filé vers le milieu de la nuit... Et qu'est-ce que je vois partir, un peu plus tard ? Lucienne, transformée, habillée comme d'habitude. Ta femme, quoi ! Elle était devenue méfiante, depuis quelque temps. Alors, elle regarde à droite et à gauche ; elle monte dans votre Peugeot et la voilà qui démarre, et tout ça si vite que je n'avais pas eu le temps de dégager ma voiture. Tout de suite, j'ai pensé : « Tu ne vas pas t'en tirer comme ça, ma petite ! » Et je me suis mis à la poursuivre.

216

— Ce n'est pas vrai, balbutia Chavane, frappé au cœur. Tu ne vas pas me dire que c'est toi qui...

— Si, c'est moi. J'ai essayé de la serrer contre le trottoir pour l'obliger à s'arrêter. Elle m'a reconnu et alors elle a dû céder à un mouvement de panique. Elle a perdu sa direction. J'ai failli m'arrêter pour lui porter secours, s'il en était encore temps. Et puis, j'ai pensé au scandale, à notre réputation perdue, à toi, mon pauvre Paul. J'ai préféré alerter la police sans dire qui j'étais. Et après, quand je l'ai vue si gravement atteinte, j'ai jugé préférable de ne pas ajouter à ton chagrin. Mais maintenant, non, je ne peux plus supporter que tu sois malheureux. Lucienne, bien sûr, nous la soignerons de notre mieux, mais en faisant notre devoir et rien de plus.

— C'est toi qui...

— Oui. C'est moi !

Ludovic avança la main vers Chavane, qui se recula vivement.

— Ne me touche pas !

— Oh, Paul ! Tu me fais de la peine. Qu'elle nous ait trompés, c'est déjà affreux. Mais si, maintenant, elle nous sépare...

Le silence tomba entre les deux hommes. Au bout d'un instant, Ludovic se rapprocha de la porte.

— Tu aimes mieux que je m'en aille ?

— Oui.

— Pardonne-moi, Paul. Je te devais la vérité.

— Oui, oui, cria Chavane. Mais laisse-moi, Bon Dieu, laisse-moi.

Ludovic sortit. Chavane, longuement, se massa les yeux. Puis il se fit une tasse de café. Il la but d'un trait. Surtout, il ne devait plus réfléchir, tergiverser. La vérité ! Elle était là, devant lui. Ludovic avait raison. Ça ne pouvait plus continuer.

Il revint dans le salon, feuilleta l'annuaire, décrocha le téléphone.

— Allô... Le commissariat ?

Il chuchotait pour ne pas être entendu par l'infirmière.

— Allô... Je voudrais parler à un inspecteur... Voilà... J'ai une déclaration à vous faire. Le meurtrier de Dominique Loiseleur... Oui, vous savez, le crime de la rue Troyon... C'est moi... Je m'appelle Paul Chavane ; j'habite 33, rue de Rambouillet... Non, c'est bien vrai. Je n'ai pas le cœur à raconter des histoires... Le meurtrier, c'est moi... Oh ! Je n'ai pas l'intention de m'enfuir ; c'est évident... Prenez votre temps. Je vous attends... Deuxième étage, droite...

Il reposa l'appareil. Il n'avait jamais connu une telle paix. Il rejoignit l'infirmière qui somnolait dans la chambre et lui murmura à l'oreille :

— Allez dormir à côté. Je n'ai pas sommeil. C'est moi qui veillerai. Et si vous entendez sonner, ne vous dérangez pas. J'irai ouvrir. J'attends quelqu'un.

L'infirmière étouffa un bâillement.

— La bouteille est presque pleine. Quand elle sera

vide, appelez-moi. J'en mettrai une autre à la place.
C'est le médecin qui l'a ordonné. Il trouve que notre
malade s'est beaucoup affaiblie.

— N'ayez pas peur, dit Chavane. J'aurai l'œil.

Il ferma la porte derrière elle. Comme tout devenait
facile, soudain. Il s'approcha du lit, retira non sans
peine son alliance, la passa au doigt de Lucienne.
L'alliance était trop grande, l'annulaire trop maigre.
D'une main, il l'empêcha de glisser ; de l'autre, avec
une infinie douceur, il débrancha le tuyau relié à la
bouteille.

Puis il attendit la police.